LA GRANDE
BIBLE DES NOËLS

NOUVELLE ÉDITION,

1894

Revue, corrigée et mise dans un meilleur ordre,

AUGMENTÉE DES

NOELS D'ORLÉANS, BLOIS, BOURGES, TOURS,
ARTENAY, SAINT-BENOIT-
SUR-LOIRE, ARPAJON ET CLAMECY.

Et d'un VOCABULAIRE pour l'intelligence du vieux langage.

ORLÉANS,

H. HERLUISON, LIBRAIRE-ÉDITEUR

RUE JEANNE-D'ARC, 17.

1866.

La gravure du titre est celle de l'édition Perdoux de 1784.

Imp. et lith. E. Chenu, rue Croix-de-Bois, 21, à Orléans.

PRÉFACE.

Depuis près de deux siècles, la typographie et la librairie orléanaises sont en possession d'éditer *La Grande Bible des Noëls*. A force de recherches, nous avons pu recueillir des exemplaires qui portent les noms d'imprimeurs et libraires orléanais, savoir : Pierre Rouzeau, Jacques Rouzeau, Charles Jacob, Charles-Abraham-Isaac Jacob, Claude-Anne Le Gall, Perdoux, Rabier-Boulard ou Danicourt-Huet, Niel et veuve Pellisson-Niel ; la plupart sans millésime, excepté les éditions Jacques Rouzeau 1733, Le Gall 1773, Perdoux 1784, C. A. I. Jacob 1786, et Niel 1843. La vogue de ce livre n'est pas épuisée. Après le décès de Madame veuve Pellisson-Niel, en janvier 1864, cinq cents exemplaires provenant de la dernière édition ont été adjugés aux libraires d'Orléans, et dès l'année suivante il n'en restait plus un seul.

On a donc songé à une nouvelle édition, qui, nous l'espérons, ne sera pas accueillie avec moins de faveur que les précédentes ; d'autant plus qu'on a profité de l'occasion pour réaliser des améliorations nombreuses. Jusqu'à ce jour, *La Grande Bible des Noëls* semblait livrée à des typographes sans direction ; elle fourmille de fautes de tout genre, indépendamment des différences notables que présentent toutes les éditions sous le rapport du nombre, du choix et de l'ordre des morceaux, sans parler des mutilations et superfétations. Les pièces d'origine orléanaise, dépouillées de leur titre, sont perdues au milieu des Noëls communs ; quelques unes ont disparu, et n'ont point été réimprimées depuis plus d'un siècle, par exemple le *Noël de Saint-Benoît-sur-Loire*. Dans cette situation, un éditeur intelligent ne pouvait se contenter d'une reproduction matérielle ; voici ce qui a été fait.

La dernière édition, celle de Madame veuve Pellisson-Niel, renferme cent vingt-trois morceaux. On a commencé par en écarter vingt-cinq faisant double emploi avec des pièces de facture meilleure ; puis les Noëls conservés ont été soigneusement revus et collationnés sur les textes les plus sûrs. Nous sommes allé plus loin, nous avons retrouvé les auteurs d'une grande partie de ces pièces qui sont: l'abbé Pellegrin (*Noëls nouveaux*, Paris, Nicolas Le Clerc, 1701) François Colletet (*Noëls nouveaux et Cantiques spirituels*, Paris, Antoine de Rafflé, 1660) P. Binard (*Noëls ou Cantiques nouveaux*, Troyes, Nicolas Oudot, 1678), Françoise Paschal (*La Grande Bible renouvellée ou Noëls nouveaux*, Paris 1670, Troyes, Edme Prévost, vers 1682), le P. Surin (*Cantiques spirituels de l'amour divin*, Paris, René Guignard 1677); et inscrit leur nom après chacune de leurs œuvres. Ensuite nous avons extrait des autres *Bibles* orléanaises, de celles de Troyes, de *La Belle Bible des Cantiques de la naissance et des autres mystères de Notre-Seigneur*, imprimée à Tours en 1688, chez Louis Vauquer, quelques pièces d'un véritable intérêt. Ces additions s'élèvent au chiffre de vingt-quatre, parmi lesquelles se trouve un *Noël en langage gascon*, qui figure dans la plus ancienne *Bible* de Charles Jacob. Ce Noël a été restitué et complété à l'aide de *La Belle Bible*, Tours 1688, de *La Grande Bible des Noëls tant anciens que nouveaux*, Tours, L. M. F. Légier, et d'un recueil imprimé chez Barbier, à Poitiers, en 1816.

Enfin toute la matière a été divisée en six parties, et l'on a groupé dans la dernière les Noëls d'Orléans et des contrées voisines. Ici quelques détails sont nécessaires ; cette sixième partie contient vingt-quatre morceaux, savoir :

I. *Ancienne pastourelle des paroisses d'Orléans*. Nous avons publié, en 1860, ce Noël avec un commentaire historique et critique Cette pièce figure dans la *Belle Bible* de Tours de 1688. Comme il est difficile d'admettre qu'elle ait été publiée à Tours avant de l'être à Orléans, ne faut-il pas supposer que, dès le XVIIe siècle, Orléans possédait sa *Bible des Noëls* ? En général nous avons suivi le texte Pellisson-Niel, et rejeté au bas des pages les variantes tirées de la *Belle Bible*

II et III. *Ancienne pastourelle d'Orléans*. Nous connaissons de ce Noël quatre textes différents commençant tous ainsi : *Chantons, mon cher Laurent, Noël*. Nous donnons le texte Pellisson-Niel et celui de Tours 1688. Le titre que porte ce Noël dans la *Belle Bible* de Tours et dans la *Belle Bible* de Troyes, veuve Jacques Oudot

1717, nous autorise pleinement à le ranger parmi les pièces orléanaises.

IV. *Autre pastourelle pour Orléans*. N'existe dans aucune des *Bibles* orléanaises qu'il nous a été donné de consulter ; mais on la lit dans les deux *Belles Bibles* de Tours et Troyes.

V et VI. La *Pastourelle de Saint-Donatien* et le *Noël de la paroisse Saint-Victor*, figurent dans les *Bibles* orléanaises, et dans les recueils de Tours 1688 et Troyes 1717 où la première pièce est toutefois moins développée.

VII. *La Part à Dieu, telle qu'on la chante dans les rues d'Orléans, le jour des Rois*, paraît pour la première fois. Nous l'avons recueillie de la bouche des personnes qui ont l'habitude de la chanter. Au milieu d'une infinité de variantes et d'incorrections, nous nous sommes arrêté à un texte qui cependant est loin d'être sans défauts ; ici l'air domine les paroles. Nous communiquerons la musique à ceux de nos lecteurs qui voudront la connaître.

VIII. *Cantique en l'honneur de saint Roch*, extrait de l'édition Pierre Rouzeau.

IX. *Cantique en l'honneur de saint Aignan*. Œuvre toute moderne et déjà populaire, imprimée jusqu'ici sur des feuilles volantes.

X. *Noël en langage paysan*. Ce Noël n'est pas très-ancien, mais il est du crû, quoiqu'on l'ait inséré dans les *Noëls anciens et nouveaux*, publiés à Bourges, réimprimés par la veuve Ménagé en 1845.

XI. *Offrande des bergers de la Beauce en la paroisse d'Artenay, à la messe de minuit*. Ce Noël est extrait de la plus ancienne édition Charles Jacob ; on le trouve encore avec son titre dans *La Grande Bible* imprimée à Tours chez Mame, et aussi à Bourges, édition Ménagé, où l'on a substitué *Berry* à *Beauce*, et supprimé : *en la paroisse d'Artenay*.

XII. *Noël de Saint-Benoit-sur-Loire*. Voir notre commentaire sur ce Noël, Orléans, H. Herluison, 1862.

XIII. *Noël de la ville de Blois*. Existe dans les *Bibles* orléanaises et dans les *Belles Bibles* de Tours et de Troyes ; manque dans la *Bible* blaisoise de la veuve Estienne Charles et P. P. Charles, imprimeurs à Blois dans la première moitié du XVIIIe siècle.

XIV. *Noël des paroisses de Bourges*. Cette pièce, évidemment postérieure au concordat de l'an IX, est extraite de l'édition Ménagé.

XV. *Pastourelle des paroisses de Tours*. Existe dans la plus ancienne *Bible* de Charles Jacob, la *Belle Bible* de 1688 et l'édition Légier, manque dans l'édition Mame.

XVI. *Autre pastourelle de Tours*. Charles Jacob, édition la plus ancienne et Légier, elle manque dans l'édition Mame.

XVII. *Autre Noël de Tours*. Existe seulement dans l'édition Légier.

XVIII. *Noël d'Arpajon*. Sous ce titre nous plaçons le Noël si connu appelé *Noël de la Cour*, et commençant par : *Tous les bourgeois de Châtres*. Dans certains recueils exclusivement modernes on lit : *Tous les bourgeois de Chartres*. Cette leçon est fautive ; elle a induit en erreur M. Alexis Socard (*Noëls et Cantiques imprimés à Troyes*, Paris, Aug. Aubry, 1865) qui croit pouvoir admettre l'existence de deux Noëls commençant l'un par : *Tous les bourgeois de Châtres*, et l'autre par : *Tous les bourgeois de Chartres*. On chercherait vainement à Chartres et aux alentours les localités désignées dans ce Noël, tandis qu'on les reconnaît parfaitement à Arpajon et dans la vallée de l'Orge. Montlhéry est tout près et en vue d'Arpajon. Les bergers vont *droit à Saint-Clément pour visiter l'Enfant*, c'est-à-dire à l'église d'Arpajon dont Saint-Clément est le vocable. Saint-Germain se confond en quelque sorte avec Arpajon, tant il en est rapproché. Bretigny, où est la station du chemin de fer, Bruyères, Egly. Saint-Yon, Boissy-sous-Saint-Yon, servent en quelque sorte de ceinture à la commune d'Arpajon. Or, Arpajon est l'ancien Châtres, qui a perdu son nom en 1720, lors de l'érection en marquisat des terres et seigneuries de Châtres, de la Bretonnière et de Saint-Germain sous le titre d'Arpajon. (Hesseln, *Dictionnaire universel de la France*, Paris, 1771).

XIX. *Le même, d'après un autre texte*. Ce texte est celui de la *Belle Bible* de 1688 qui lui donne pour titre : *Pastourelle ancienne réformée de quelques paroisses de la Beauce*.

XX. *Autre Noël d'Arpajon*, tiré de la *Grande Bible renouvellée*, Troyes, Jean-Antoine Garnier, permission de 1738.

XXI et XXII. *Noëls de Clamecy.* Composés il y a environ un siècle par le sieur Millot, réimprimés en 1853 par Cégrétin, Clamecy.

XXIII et XXIV. *La Part à Dieu.* Ces deux pièces sont l'œuvre de M. Robineau, maître perruquier à Orléans, décédé il y a une vingtaine d'années; elles jouissent encore d'une certaine popularité.

On a bien voulu nous communiquer le *Noël de Saint-Jean-de-Braye* près Orléans. Cette pièce, composée en frimaire de l'an VII (1798) par Sébastien Legangneux l'aîné, est excessivement longue, et elle offre peu d'intérêt. Nous avons jugé convenable de la laisser en manuscrit.

Il se pourrait que, à notre insu, nous eussions laissé parmi les Noëls communs des pièces de provenance orléanaise. Par exemple : *Pauvre Damon, quand je te considère,* et *Quittons, chrétiens, quittons notre arrogance,* où il y a des allusions aux affaires religieuses du XVII⁰ siècle, semblent nous appartenir; c'est de notre part comme un pressentiment, rien de plus.

Jouissez donc, cher lecteur, du fruit de nos études, si tel est votre plaisir. Nous ne vous donnons pas ces poésies, parfois un peu rudes et naïves, pour des merveilles; nous vous les présentons comme des joyeusetés qui faisaient les délices de nos pères et qui, encore aujourd'hui, ne sont pas pour nous sans charme. Nous conservons à chaque morceau son intégrité, excepté pour celui qui commence ainsi : *Or voilà Noël passé,* dans lequel manquent deux couplets que les curieux pourront lire, et certes en tout honneur, dans les *Noëls et Cantiques imprimés à Troyes* par M. Alexis Socard.

En terminant, un mot sur les airs. Ces airs ont été vérifiés avec soin et indiqués, excepté pour deux pièces locales. Mais l'indication ne suffit pas, beaucoup d'airs anciens étant tombés dans l'oubli. Avec le concours d'un professeur, nous nous occupons de la musique de nos Noëls, et nous gardons l'espoir de mettre plus tard à la disposition du public le résultat de nos travaux.

Victor PELLETIER,

Chanoine de l'Église d'Orléans.

TABLE DES MATIÈRES.

LA GRANDE

BIBLE DES NOELS.

Première Partie.

NOELS POUR LE TEMPS DE L'AVENT.

I. HYMNE *CONDITOR* EN FRANÇAIS.

Air : *Creator alme siderum* ou *Statuta
decreto Dei.*

Conditor fut le nompareil
Qui fit la lune et le soleil,
Et les étoiles pour tout vrai ;
Noël sous un nom sans pareil.

Il créa ce que nous voyons,
Ciel et terre, mer et poissons,
Et pour ce donc dire doit-on :
Exaudi preces supplicum.

Qui condolens, sire, fus-tu,
Lorsqu'Adam pécheur fut connu,
D'où le monde était perdu,
Si tu ne l'eusses secouru.

Tu as pris incarnation
En la vierge de grand renom ;
D'elle naquis comme enfançon,
Donans reis remedium.

Vergente mundi vespere,
Vêpre était lors tout aveuglé,
Quand de sa chambre l'épousé
Issit pour nous rendre clarté.

C'est la chambre où tout bien y a,
C'est la chambre où Dieu s'énombra,
Cette clôture déferma,
Virginis matris clausula.

Cujus forti; force est en toi,
Père, Fils et souverain roi,
Si grand que tout s'incline à toi;
C'est raison, ainsi je le crois.

Car obéir à toi faudra,
Ciel et terre tant qu'il y a;
Si fait, enfer, raison y a;
Nutu fatentur subdita.

Te deprecamur, agie,
Nous te prions par amitié,
Prends de tes serviteurs pitié,
Mets nos âmes en sauveté.

Roi du siècle, prince et seigneur,
Défendez-nous du séducteur,
Que le peuple ne soit trahi
Hostis a telo perfidi.

Laus honor, louange et honneur,
Et gloire donnons au Seigneur,
Le Père, Fils, et Saint-Esprit,
Au nom du Sauveur Jésus-Christ.

Et quand ce siècle finira,
Quand tous les hommes jugera,

Avecque les siens nous conduira,
In sempiterna sæcula. Amen.

II. CHUTE D'ADAM.

Air : *Chantons, je vous en prie, par exultation.*

Des mains du roi suprême
Quand l'homme fut sorti,
Semblable à son Dieu même,
De grâces assorti,
Auteur dès sa naissance
De cent peuples divers,
Il vit sous sa puissance
Fléchir tout l'univers.

Heureux, il pouvait l'être
Jusqu'au-delà des temps,
S'il n'eût trahi d'un maître
Les bienfaits éclatants.
Tout secondait son âme
Dans un aimable lieu,
Mais pour plaire à sa femme
Il déplut à son Dieu.

Vois toutes ces richesses,
Lui dit son créateur,
Admire ces largesses,
J'en suis le seul auteur,
Ces fruits, cette abondance
Que j'ai créés pour toi ;
Mais en reconnaissance,
Consacre moi ta foi.

D'un seul fruit n'ose prendre,
Il te serait fatal ;
Il te ferait comprendre
Et le bien et le mal,
A ce présent funeste,
Adam, ne touche pas ;
A cette loi céleste
J'attache un prompt trépas.

Le bonheur de ta vie
Et tant de biens offerts
Vont susciter l'envie
Du monstre des enfers,
Quel orage s'élève
Et partout se répand !
Il prend, pour tromper Eve,
La forme d'un serpent.

D'où vient, dit à la femme
Cet animal rusé,
Qu'aux désirs de ton âme
Un fruit est refusé ?
C'est pour notre bien même,
Lui dit Eve à son tour,
De notre roi suprême,
C'est un effet d'amour.

C'est un fruit de science,
Mais qui donne la mort ;
Une heureuse ignorance
Vaut bien mieux qu'un tel sort.
J'admire ta faiblesse,
Dit l'animal adroit,
Connais mieux ta noblesse,
Et n'en perds pas le droit.

Soutiens ton origine
Et crains moins l'Éternel,
Ta naissance est divine,
Adam n'est pas mortel.
Ce fruit est préférable
A tous ceux de ces lieux ;
Par ce fruit admirable
Vous deviendrez des dieux.

Il dit et lui présente
De ce fruit défendu.
Sa vue est séduisante,
Le piége est bien tendu ;
Eve en prend, elle en mange,
En offre à son époux.
O complaisance étrange
Qui va nous perdre tous !

Adam n'ose déplaire
A cet objet si cher,
Quel en est le salaire ?
Il nous ouvre l'enfer.
Pour la nature humaine
C'est un mortel poison ;
Nous portons tous la peine
De cette trahison.

Des maux d'un même père
Les enfants sont frappés,
Dans sa triste misère
Ils sont enveloppés.
Le ciel à son outrage
Mesure son courroux.
A peine il fait naufrage
Que nous périssons tous.

De son terrible juge
Adam entend la voix ;
Il n'a plus de refuge,
Il faut subir ses lois.
Tu m'as été rebelle,
Dit ce juge irrité,
Va, ton cœur infidèle
Perd l'immortalité.

Que toute la nature,
Dont je t'avais fait roi,
Pour venger mon injure
Conspire contre toi ;
Et vous, troupe céleste,
Chassez-le de ces lieux,
Et qu'un exil funeste
L'éloigne de mes yeux.

O déplorable histoire
Que je viens d'annoncer !
De ma triste mémoire
Ne puis-je t'effacer ?
Faut-il que de mes larmes
Eternisant le cours,
Mes mortelles alarmes
Renaissent tous les jours !

Non, non, ce mal extrême
N'est pas désespéré ;
C'est assez que Dieu m'aime,
Et tout est réparé.
Je vois qu'il s'intéresse
A mon cruel malheur ;
La voix de sa tendresse
Lui parle en ma faveur.

Mon adorable maître
Sur moi jette les yeux ;
Sur la terre il veut naître
Pour m'attirer aux cieux,
Ma juste impatience
Attend cet heureux jour,
Qui doit de la vengeance
Voir triompher l'amour.

PELLEGRIN.

III. MÊME SUJET.

Air : *A la noce de Jeanne.*

Qu'Adam fut un pauvre homme
De nous faire damner,
Pour un morceau de pomme,
Qu'il ne put avaler !
   Sa femme sans cesse
   Le flatte, le presse
D'en goûter un petit,
Croyant que la sagesse,
Que Satan avait dit,
Gisait dedans ce fruit.   *bis.*

   Mais s'étant aperçue
D'avoir fait un faux pas,
Se voyant toute nue,
Après ce beau repas,
   Honteuse, tremblante,
   Piteuse, dolente,
Elle court au figuier,
Et, ramassant ses feuilles,
Tâche de les plier
Pour faire un tablier.   *bis.*

Cependant notre père,
Que le morceau pressait,
Tout rouge de colère
Sa femme maudissait.
   Perfide, cruelle,
   Crédule, rebelle,
Tu trompes ton époux !
Que dira notre maître ?
Fuyons et cachons-nous,
Je crains trop son courroux.   *bis.*

   A ce bruit déplorable,
Dieu descend promptement,
Et d'un air amiable
Appelle doucement :
   Mon Eve, ma fille,
   Epouse gentille ;
Adam, de moi chéri !
Mais à cette semonce,
Ni femme, ni mari,
Ne disent me voici.   *bis.*

   L'auteur de la nature
A qui rien n'est caché,
Sous un tas de verdure,
Découvre Adam couché,
   Tout triste, tout pâle,
   Qui tremble, tout sale
De s'être ainsi traîné,
Qui répond, c'est la femme
Que vous m'avez donnée
Qui m'a presque damné.   *bis.*

   La femme, à cette plainte,
Contre Adam se défend,

Et dit que sa contrainte
Ne vient que du serpent,
   Que dire ? que faire ?
   De rire et de braire
Ce n'est plus la saison.
Dieu ouvre la porte
Et, comme de raison,
Leur défend sa maison.   *bis.*

   Cette triste infortune
Causa tous nos malheurs,
La vieillesse importune,
Les plaintes et les pleurs,
   La peste et la guerre,
   Par toute la terre
S'épandit à son dam,
Pour punir l'insolence
De notre père Adam
Dans chaque descendant.   *bis.*

COLLETET.

IV. ATTENTE DU MESSIE.

Air : *Chantons, je vous prie, Noël hautement.*

   Notre premier père
Nous a tous perdus ;
Mais chacun espère,
L'on attend Jésus.
Ce Verbe adorable
Du Dieu tout puissant
Vient, pour le coupable,
Livrer l'innocent.

D'horribles ténèbres
Couvrent l'univers,
Mille cris funèbres
Font frémir les airs ;
Mais la nuit obscure
Va s'évanouir ;
Toute la nature
Doit se réjouir.

Le troupeau fidèle
Du divin pasteur
Fait d'un juste zèle
Eclater l'ardeur,
Et, portant sans cesse
Ses cris jusqu'aux cieux,
Le prie et le presse
De naître en ces lieux.

Que chacun s'unisse
Dans des soins si beaux,
Que l'air retentisse
De concerts nouveaux !
Un Dieu qui nous aime
Veut qu'en ce grand jour
D'un amour extrême
Tout brule à son tour.

Oiseaux des bocages,
Chantez avec nous,
Rendez vos ramages
Plus longs et plus doux ;
Qu'aucun vent ne gronde
Dans cet heureux temps,
Le Sauveur du monde
En fait un printemps.

Aquilons terribles,
Fuyez de ces lieux ;
Les zéphirs paisibles
Nous conviennent mieux ;
Cesse de paraître,
Saison des frimas ;
Puisqu'un Dieu va naître,
Tout change ici-bas.

PELLEGRIN.

V. MÊME SUJET.

Air : *Laissez paître vos bêtes.*

Venez, divin Messie,
Sauver nos jours infortunés ;
Venez, source de vie,
Venez, venez, venez.

Ah ! descendez, hâtez vos pas,
Sauvez les hommes du trépas ;
Secourez-nous, ne tardez pas.
Venez, divin Messie,
Sauver nos jours infortunés ;
Venez, source de vie,
Venez, venez, venez.
Venez, divin, etc.....

Ah ! désarmez votre courroux,
Nous soupirons à vos genoux,
Seigneur, nous n'espérons qu'en vous.
Pour nous livrer la guerre
Tous les enfers sont déchaînés ;

Descendez sur la terre,
Venez, venez, venez.
Venez, divin etc.....

Que nos soupirs soient entendus !
Les biens que nous avons perdus
Ne nous seront-ils point rendus ?
　　Voyez couler nos larmes.
Grand Dieu, si vous nous pardonnez,
　, Nous n'aurons plus d'alarmes ;
　　Venez, venez, venez.
　　Venez, divin etc.....

Éclairez-nous, divin flambeau,
Parmi les ombres du tombeau ;
Faites briller un jour nouveau.
　　Au plus affreux supplice
Nous auriez vous abandonnés ?
　　Venez, Sauveur propice,
　　Venez, venez, venez.
　　Venez, divin etc.....

Si vous venez en ces bas lieux
Nous vous verrons victorieux,
Fermer l'enfer, ouvrir les cieux ;
　　Nous l'espérons sans cesse,
Les cieux nous furent destinés,
　　Tenez votre promesse,
　　Venez, venez, venez.
　　Venez, divin etc.....

Ah ! puissions-nous chanter un jour,
Dans votre bienheureuse cour,

Et votre gloire et votre amour ;
C'est là l'heureux partage
De ceux que vous prédestinez ;
Donnez-nous-en un gage,
Venez, venez, venez.
Venez, divin etc.....

PELLEGRIN.

VI. MARIAGE DE LA SAINTE VIERGE.

Air : *Vous qui désirez sans fin ouïr chanter.*

Mettons des habits plus beaux,
Et nos joyaux,
Et chassons de notre cœur
Toute langueur,
Pour chanter le mariage
Virginal
De Marie, vierge sage,
Sans nul mal.

A l'âge de quatorze ans,
Dans le printemps,
Au milieu du temple était,
Où Dieu servait,
Quand le Prêtre très-habile,
Tout premier,
Dit qu'il fallait cétte fille
Marier.

La Vierge qui l'entendit
Lui répondit

En doux parler, humble et bas :
Il ne faut pas ;
Car d'être vierge et pucelle
J'ai fait vœu,
Pour être à jamais fidèle
A mon Dieu.

De quoi le Prêtre interdit,
Mais bien instruit,
Dit que le conseil tiendrait
Sur cet endroit ;
Mais la coutume ordinaire
Leur fait foi,
Qu'il faut l'observance faire
De la loi.

Ainsi, d'un commun accord,
Sans nul discord,
Mettent tous peine et devoir
De la pourvoir ;
Mais afin que l'on s'entende
Comme il faut,
Le conseil chacun demande
Au Très-Haut.

Du ciel il vint une voix,
A cette fois,
Leur disant : enquérez-vous
Où est l'époux,
Qui par son brave mérite
Ait l'honneur
D'avoir cette vierge élite,
Pleine d'heur.

Le Prêtre fit lors devoir
De le savoir ;

Sur le Livre précieux
    Il met les yeux ;
Lors, ce prudent interprète,
    Comme il lit,
Voit ce qu'Isaïe, prophète,
    En a dit.

  Et pour n'y contrevenir,
    Il fit venir
Les fils issus de David,
    Puis quand les vit,
Leur dit que chacun sa verge
    Porterait,
Pour savoir lequel la vierge
    Epousait.

  Lors, on vit des jouvenceaux,
    Jeunes et beaux,
De toute part accourir,
    Pour y venir ;
Ils étaient tous dedans l'âme
    Si épris,
Qu'ils croyaient avoir la dame
    De grand prix.

  Joseph qui ne pensait point
    Leur être joint,
Comme les autres y vient ;
    La verge tient,
Qui par la toute puissance
    A produit,
Devant toute l'assistance,
    Fleur et fruit.

  Un grand cri le peuple a fait,
    Voyant ce fait,

Le Prêtre a lors ordonné
Que soit donnée
Cette tant bénite Vierge
A l'époux,
Dont avait fleuri la verge
Devant tous.

Lors, en habits précieux,
Ce Prélat vieux,
Leur a fait jurer la foi,
Selon la loi,
Rendant ce jour d'alliance
Solennel,
Car tel en fit l'ordonnance
L'Eternel.

A cet instant qu'il acheva,
Chacun s'en va ;
Lors se sont entrepromis
Ces deux amis,
Que jusqu'à l'heure dernière
Qu'ils auraient
Leur chasteté tout entière
Garderaient.

Ainsi, ces deux bons amis,
Dieu l'a permis,
Bien que vierges sont liés
Et mariés,
Pour dessous ce mariage,
Si exquis,
Tirer de la Vierge sage,
Son cher Fils.

VII. MÊME SUJET.

Air: *Si le loup venait.*

Chantons, je vous prie,
Noël hautement,
D'une voix jolie,
En solennisant
De Marie pucelle
La conception,
Sans originelle
Maculation.

Cette jeune fille
Native elle était
De la noble ville
Dite Nazareth ;
De vertu remplie,
De corps gracieux,
C'est la plus jolie
Qui soit sous les cieux.

Elle allait au temple,
Pour Dieu supplier,
Le conseil s'assemble
Pour la marier ;
La fille tant belle
N'y veut consentir ;
Car vierge et pucelle
Veut vivre et mourir.

L'ange leur commande
Qu'on fasse assembler
Gens en une bande,
Tous à marier,

Et duquel la verge
Tantôt fleurira,
A la noble Vierge
Vrai mari sera.

Bientôt abondance
De gentils galants,
La vierge plaisante
S'en vont souhaitant,
A la noble fille
Chacun s'attendait ;
Mais le plus habile
Sa peine y perdait.

Joseph prit sa verge
Pour s'y en venir,
Combien qu'à la Vierge
N'eût mis son désir ;
Car toute sa vie
N'eût intention,
Vouloir ni envie
De conjonction.

Quand ils furent au temple
Tretous assemblés,
Etant tous ensemble
En troupe ordonnés ;
La verge plaisante
De Joseph fleurit,
Et en même instance
Porta fleur et fruit.

En grand'révérence
Joseph on retint,
Qui par sa main blanche

Cette vierge print,
Puis après le prêtre,
Recteur de la loi,
Leur a fait promettre
A tous deux la foi.

Baissant les oreilles,
Les gentils galants,
Tant que c'est merveille,
S'en vont murmurant,
Disant : c'est dommage
Que ce père gris
Ait en mariage
La vierge de prix.

La nuit ensuivante
Autour de minuit,
La vierge plaisante
En son livre lit
Que le roi céleste
Prendrait nation
D'une pucelette,
Sans corruption.

Tandis que Marie
Ainsi contemplait,
Et du tout ravie
Envers Dieu était,
Gabriel archange
Vint subtilement,
Entre dans sa chambre
Tout visiblement.

D'une voix doucette,
Gracieusement,

Dit à la fillette
En la saluant :
Dieu vous gard, Marie,
Pleine de beauté,
Vous êtes l'amie
De la Déité.

Dieu fait un mystère
En vous merveilleux,
C'est que serez mère
Du Roi glorieux,
Votre pucelage
Et virginité,
Par divin ouvrage,
Sera conservé.

A cette parole
La Vierge consent ;
Le Fils de Dieu vole,
En elle descend,
Bientôt fut enceinte
Du prince des rois ;
Sans mal ni complainte
Le porta neuf mois.

La noble besogne
Joseph pas n'entend,
A peu qu'il n'en grogne,
S'en va murmurant ;
Mais l'ange céleste
Lui dit en dormant,
Qu'il ne s'en déhaitte,
Car Dieu est l'enfant.

Joseph et Marie
Tous deux vierges sont,
Qui par compagnie
En Bethléem vont ;
Là est accouchée,
En pauvre déduit,
La Vierge sacrée
Autour de minuit.

Elle fut consolée
Des anges des cieux,
Elle fut visitée
Des pasteurs joyeux,
Elle fut révérée
Des trois nobles rois,
Elle fut rejetée
Des riches bourgeois.

Or, prions Marie,
Et Jésus son fils,
Qu'après cette vie,
Nous donne paradis,
Et, notre voyage
Etant achevé,
Ayons pour partage
Le ciel azuré.

VIII. DIEU ENVOIE L'ANGE GABRIEL A LA VIERGE MARIÉ.

Air : *Si nous sommes villageois* ou *Je veux garder*.

DIEU.

Gabriel, viens-t-en à moi,
Laisse l'angélique bande,

Promptement dispose-toi
D'aller où je te commande,
Exprès t'ai voulu choisir
Pour accomplir mon plaisir.

L'ANGE.

O divine majesté,
Que vous plait-il que je fasse ?
Je suis en humilité
Devant votre sainte face,
Pour obéir simplement
A votre commandement.

DIEU.

Esprit prudent et discret,
Plein de force et de puissance,
Tu porteras le secrèt
De ma trinitaire essence ;
Sois donc très-prompt et léger
Pour en être messager.

L'ANGE.

Je tiens d'en être porteur
Pour une faveur insigne ;
Je suis l'humble serviteur
De votre grandeur bénigne ;
Commandez moi, je suis prêt
A faire ce qu'il vous plaît.

DIEU.

A cette fin que sois vu
De celle à qui je t'envoie,
Tu seras d'un corps pourvu
Que tu prendras en la voie,

Te couvrant d'un bel habit
Pour lui faire ton débit.

L'ANGE.

Vous n'êtes pas sans savoir
Qu'à l'humaine créature
Il n'est pas donné de voir
Mon angélique nature.
L'homme sujet au trépas
Voir ũn esprit ne peut pas.

DIEU.

Ainsi descends donc là-bas
Sous cette voûte étoilée,
Et adresse bien tes pas
En terre de Galilée ;
Puis étant à Nazareth
Vois l'épouse de Joseph.

L'ANGE.

O mon Dieu, de quelle voix,
De quelle diserte langue
Pourrai-je bien cette fois
Articuler ma harangue,
Etant de votre grandeur
Devenu l'ambassadeur ?

DIEU.

Dis lui que moi, Dieu du ciel,
Je veux qu'elle soit la mère
Du puissant Verbe éternel
Dont je suis l'éternel Père,
Sans que sa virginité
Perde son intégrité.

Si, sur votre mandement,
Elle fait quelque demande,
Savoir par qui et comment
Se fera cette œuvre grande,
Faudra-t-il pas, ô bon Dieu,
Lui répondre sur le lieu?

DIEU.

Dis-lui que mon Saint-Esprit
Fait cette œuvre sans égale,
Formant le corps de mon Christ
Pris de sa chair virginale,
Sans qu'en ceci le pouvoir
Des humains ait rien à voir.

L'ANGE.

Pour l'assurer en la foi
A votre toute puissance,
Lui dirai-je pas, mon Roi,
Qu'elle mette en vous fiance,
En vous seul qui tout-puissant
Ce monde allez régissant?

DIEU.

Tu pourras bien, Gabriel,
Dire à la pucelle sainte
Que, hors le temps naturel,
Elisabeth est enceinte
D'un beau fils qui, par honneur
Du mien sera précurseur.

L'ANGE.

Elle fera son devoir
De vous être obéissante,

Voyant que votre pouvoir
Rend la stérile abondante,
Croyant encore de surplus
Que vous pouvez beaucoup plus.

DIEU.

Lorsque par docilité
Se nommera mon ancelle,
Mon Fils son humanité
A l'instant prendra en elle,
Pour sauver tous les humains
De leurs péchés inhumains.

L'ANGE.

Je vais donc, ô majesté,
Dessus la terre descendre,
Pour ce discours arrêté
A la Vierge faire entendre,
Observant entièrement
Votre saint commandement.

P. BINARD.

IX. ANNONCIATION DE LA SAINTE VIERGE.

Air : *Le petit enfant d'amour.*

Le Fils de Dieu plein d'amour,
Descendit ci-bas un jour
De son céleste repaire,
Pour venir trouver sa mère.

Elle était en Nazareth,
Lorsque l'ange Gabriel,
Héraut de Dieu très-fidèle,
Lui annonça la nouvelle.

Il ne la trouva dormant,
Lui faisant son mandement,
Ainsi que ces filles joyeuses
Cejourd'hui si paresseuses.

Il la trouva priant Dieu,
Seule dans un secret lieu,
Qui lisait la prophétie
Du saint Prophète Isaïe.

En lisant s'ébahissait
D'un passage où il était
Ecrit qu'une Vierge pure
Concevrait contre nature.

Elle ne pensait pas alors
Que son saint et digne corps
Fut créé pour telle affaire,
Au genre humain nécessaire.

Etant sur ce propos-là,
Gabriel la salua,
Lui disant à voix série :
Je te salue, Marie.

Marie voyant Gabriel,
Messager célestiel,
Demeura toute troublée,
Tant de cœur que de pensée.

La voyant en tel émoi,
Lui dit : Dieu est avec toi,
T'assurant en cette place
Que tu es fort en sa grâce.

Tu concevras un enfant,
Sur tout autre triomphant,

Qui sera sans impropère
Nommé Fils de Dieu le Père.

— Comment sera ceci fait ?
Ange de Dieu très-parfait :
Impossible c'est en somme,
Car jamais n'ai connu d'homme.

— Ce sera l'Esprit très-saint
Qui parfera l'œuvre saint,
N'en doute point, je te prie,
Tu es de grâce remplie.

Marie alors répondit :
Me soit fait selon ton dit,
Messager de Dieu très-fidèle,
Je suis sa très-humble ancelle.

_____

X. MÊME SUJET.

Air : *Chantons, je vous en prie, par exultation,*

Quand Dieu, par la naissance
De son Fils éternel,
Veut réparer l'offense
De l'homme criminel,
Il fait dire à Marie
Que, dans son chaste sein,
Le désiré Messie
Prendrait un corps humain.

Apprenez-nous, Marie,
Quel fut l'étonnement
Dont vous fûtes saisie
Dans cet heureux moment

Que l'ange vous salue,
Et qu'il vous avertit
Que vous êtes élue
Mère de Jésus-Christ.

— Sa vue et sa louange
Causèrent ma frayeur,
Mais aussitôt l'archange
Me dit : n'ayez point peur ;
Car vous serez féconde,
Et, sans secours humain,
Le Rédempteur du monde
Naîtra de votre sein.

L'Eternel peut tout faire,
Et c'est assez de voir
Qu'Elisabeth est mère,
Pour montrer son pouvoir ;
Car contre son attente,
Et les communes lois,
Votre vieille parente
Est grosse de six mois.

Quand je sus le mystère
Et que j'appris comment
Je pouvais être mère,
Je réponds à l'instant
Que j'étais la servante
Du souverain des Rois,
Et que j'étais contente
D'obéir à ses lois.

L'ineffable puissance
De Dieu le Saint-Esprit,
Forma de ma substance

Le corps de Jésus-Christ,
Créa une âme ensemble,
Et du même moment
Qu'au corps elle s'assemble,
Le Fils de Dieu les prend.

L'homme voit Dieu son maître
Qui, par humilité,
Cache son divin être
Sous notre humanité ;
L'homme, tout au contraire,
Voudrait bien, dès ce lieu,
Comme son premier père,
Etre semblable à Dieu.

Dieu que je considère
Par les yeux de la foi,
Dans le sein d'une mère
Anéanti pour moi,
Par la même clémence
Qui vous a fait enfant,
Que sans cesse je pense
A mon double néant !

Célébrant la mémoire
De tels abaissements,
Renonçons à la gloire,
Et devenons enfants ;
Enfants en innocence,
Enfants en pureté,
Enfants par la croyance
Et la simplicité.

Mon Dieu, pour reconnaître
Cet amour si pressant,

Que vous faites paraître
En vous faisant enfant,
Faites que, sans réserve,
En toute humilité,
Je vous aime et vous serve
Toute une éternité.

XI. MÊME SUJET.

Air : *Tous les bourgeois de Châtres, etc.*

Une jeune pucelle,
Priant son Créateur,
L'ange de Dieu fidèle,
Lui dit avec honneur :
Vierge, n'ayez point peur,
Ah ! vous serez, Marie,
La mère d'un enfant charmant,
Egal à l'Eternel, Noël,
Dont vous serez ravie.

— Comment serais-je mère,
J'ai fait vœu au Seigneur.
— Ce sera par mystère,
Vous en aurez l'honneur ;
J'en suis l'ambassadeur ;
Ah ! croyez-moi, Marie,
Donnez consentement gaîment.
Et, croyant aussitôt ces mots,
Conçut le fruit de vie.

Prions, prions Marie,
Mère de l'Eternel,
Et tous de compagnie
Chantons Noël, Noël :

Dans ce temps solennel,
Demandons-lui la grâce
Qu'en quittant ces beaux lieux, joyeux,
Comme enfants d'Israël, au ciel
Puissions avoir place.

XII. UNE BERGÈRE RACONTE LA VISITE QUE FIT
LA SAINTE VIERGE A SAINTE ÉLISABETH.

Air: *Je veux chanter un chant plein d'allégresse.*

Je vous dirai, pour plaire à votre envie,
Qu'étant un jour chez la vierge Marie,
Elle me dit qu'elle serait aux champs
Pour quelque temps.

Je lui offris d'abord ma compagnie,
Et la priai comme une bonne amie
De m'accorder de la suivre en tout lieu,
Au nom de Dieu.

Je le veux bien, dit-elle, ma bergère,
Si vous avez congé de votre mère,
Car sans l'avoir la fille ne doit pas
Faire un seul pas.

J'allais d'abord avec beaucoup de joie
Le demander, ma mère me l'octroie,
Me commandant de l'aimer de grand cœur,
Comme ma sœur.

Nous partons donc en toute diligence,
Sur le chemin que je vis de prudence,
De charité, de foi, d'humilité !
Que de bonté !

En arrivant Notre-Dame salue
Elisabeth, laquelle était venue,
Les bras ouverts, pour faire son devoir,
    La recevoir.

Du Saint-Esprit Elisabeth remplie,
A haute voix, avec transport s'écrie,
En lui disant du profond de son cœur :
    Ah ! quel bonheur !

Mère de Dieu, vous me rendez visite,
A moi qui suis sans vertu ni mérite !
C'était à moi de faire mon devoir,
    Vous allant voir.

Il est certain, très-sainte et noble dame,
Que l'on ne vît jamais aucune femme
Qui possédât tant de réclus trésors
    Que votre corps.

Que dirons-nous encore de votre âme ?
Elle nourrit une très-sainte flamme,
Qui la retient en tout temps, en tout lieu,
    Unie à Dieu.

En vous formant, le ciel vous a remplie
De tous les dons, et vous êtes bénie,
Plus que ne l'est aucune d'entre nous ;
    Dieu est en vous.

Nous adorons le fruit de votre ventre,
Qui nous bénit lorsque chez nous il entre ;
Et mon enfant reconnait dans mon sein
    Qu'il est bien saint.

Que votre foi vous rendra bienheureuse !
Car, en croyant, la grâce merveilleuse

Est toute en vous ; vous verrez de vos yeux
    Le roi des cieux.

On vous a dit des choses surprenantes,
Mais elles sont néanmoins très-constantes ;
Vous en verrez tout l'accomplissement,
    Assurément.

A ce discours, la Vierge s'humilie,
Et humblement le Seigneur glofirie,
Avec respect, avec humilité
    Et charité.

Le beau récit ! ô Dieu, quelle merveille !
Pour mon Sauveur mon amour se réveille ;
Chantons Noël, vive, vive Jésus !
    Ne péchons plus.

XIII. LES O DE NOEL.

Air : *Laissez paître vos bêtes.*

O Sapientia.

O divine sagesse,
Don précieux, trésor des cieux !
    O divine sagesse,
Venez naître en ces lieux !
Vous commencez, vous poursuivez,
D'un même soin vous achevez,
Vous nous cherchez, vous nous trouvez,
    Votre bonté nous presse,
Et fortement et doucement,
    Eclairez nous sans cesse,
    Dans notre aveuglement.

O Adonaï.

Descends, flambeau céleste,
Tel qu'autrefois sur Sinaï,
Descends, flambeau céleste,
Brillant Adonaï :
Nous t'allons voir sur l'horizon,
Comme Moïse en un buisson,
Pour nous tirer de la prison
Où le péché funeste,
Même en naissant, nous a tous mis ;
Ce seul espoir nous reste,
Grand Dieu, tu l'as promis.

O Radix Jesse.

O signe favorable,
Par qui la paix a commencé !
O signe favorable,
Racine de Jessé !
Tout l'univers suivra tes lois,
Tu régneras sur tous les rois,
Reçois nos vœux, entends nos voix,
Rédempteur adorable,
Délivre-nous, viens ici-bas,
Deviens-nous favorable,
Descends, ne tarde pas.

O Clavis David.

O clé du roi prophète,
Que ton pouvoir brille à nos yeux !
O clé du roi prophète,
Viens nous ouvrir les cieux !
Tu peux ouvrir, tu peux fermer ;
Mais si tu daignes nous aimer,

Rien ne doit plus nous alarmer ;
        Notre joie est parfaite,
Viens donc, Sauveur tant souhaité.
        Notre âme est inquiète
        Après sa liberté.

O Oriens.

    O soleil de justice,
Dont l'orient chasse la nuit,
    O soleil de justice,
        Par qui le jour nous luit !
Splendeur de la Divinité,
Répands sur notre humanité
Quelques rayons de ta clarté.
        Viens voir d'un œil propice
De l'homme ingrat quel est le sort,
        Voudras-tu qu'il périsse
        Dans l'ombre de la mort ?

O Rex gentium.

    O puissant roi du monde,
Qui fais l'objet de tous les vœux,
    O puissant roi du monde,
        Tu peux le rendre heureux ;
Il tomberait sans ton appui,
Il s'est flatté jusqu'aujourd'hui
Que ton amour serait pour lui ;
        L'homme en toi seul se fonde,
Faut-il après l'avoir aimé
        Que ta main le confonde,
        Ta main qui l'a formé !

O Emmanuel.

    O souverain Messie,
Reçois le nom d'Emmanuel,

O souverain Messie,
Fils du Père Eternel !
Nous sommes tous tes nourrissons,
Mais loin de toi nous gémissons,
Viens nous sauver, nous périssons,
Tu nous rendras la vie,
O notre Maître, ô notre Dieu !
Ton amour te convie
A naître en ces bas lieux.

PELLEGRIN.

XIV. DÉSESPOIR DE L'ENFER A LA VENUE DU MESSIE.

Air : *J'endève.*

Le démon, assurément,
Dedans son cœur endève,
Car Dieu vient présentement
Pour sauver les fils d'Adam
Et d'Eve, et d'Eve, et d'Eve.

Il régnait absolument,
Sans nous donner de trève ;
Mais ce saint avénement
Délivre les fils d'Adam
Et d'Eve, et d'Eve, et d'Eve.

Quand nous vivons saintement,
Au ciel Dieu nous enlève,
Car c'est son contentement
De sauver les fils d'Adam
Et d'Eve, et d'Eve, et d'Eve.

Nous le devons franchement,
Puisque la vie est brève,
Et qu'un Dieu vient pauvrement
Pour sauver les fils d'Adam
Et d'Eve, et d'Eve, et d'Eve,

Plaise à Dieu qu'au firmament
Notre bonheur s'achève ;
Ce doit être incessamment
Le désir des fils d'Adam
Et d'Eve, et d'Eve, et d'Eve.

Que Satan donc promptement
Et que tout l'enfer crève,
Et nous verrons sûrement
Mourir les enfants d'Adam
Et d'Eve, et d'Eve et d'Eve.

Chantons Noël hautement,
Sortons de notre rêve.
Bénissons le sauvement
De tous les enfants d'Adam
Et d'Eve, et d'Eve, et d'Eve.

XV. JOSEPH ET MARIE VONT A BETHLÉEM.

Air: *Vous qui désirez sans fin ouïr chanter.*

Joseph revenant un jour
    Peu satisfait
D'un long et pénible tour
    Qu'il avait fait
Pour rendre certain ouvrage,
    En souci,
A peu près dans son langage
    Parle ainsi :

4

Marie, quelle douleur
Vous va saisir,
Et pénétrer votre cœur
De déplaisir !
Maintenant je viens d'entendre
Un arrêt,
Qu'il faut quitter, sans attendre,
Nazareth.

Le temps presse, il faut aller
Donner nos noms
En Bethléem, enrôler
Tous nos surnoms.
Rendons cette obéissance ;
L'Empereur
En a fait une ordonnance
Qui fait peur.

Demain donc nous partirons
Au point du jour,
Et comme nous y ferons
Quelque séjour,
Vous ferez de votre affaire
Un trousseau,
A loisir j'y pourrai faire
Un berceau.

Je prendrai les instruments
De mon métier,
Les outils, les ferrements
De charpentier,
Pour y gagner notre vie ;
Car je crois
Que nous y serons, Marie,
Plus d'un mois.

Dès le soir, Joseph voulut
Tout préparer,
Après cela chacun fut
Se retirer.
Ayant fait une prière,
La ferveur
Élevait leur cœur sincère
Au Sauveur.

Joseph avait fabriqué
Une cloison,
En un lieu peu-pratiqué
De la maison,
Où cette vierge admirable,
A l'écart,
Avait chaise, lit et table,
Tout à part.

Marie et son chaste amant
Passent la nuit,
Dormant fort paisiblement,
Sans aucun bruit,
Jusqu'à ce que l'aurore
Prit son cours,
Alors l'un et l'autre adore
Dieu des jours.

Joseph s'étant éveillé
Fort doucement
Sans bruit s'était habillé
En un moment,
Lorsqu'il vit de la lumière
Par des trous,
Et Notre Dame en prière
A genoux.

Il fit donc son oraison
De son côté,
Offrant à Dieu sa raison,
Sa volonté,
Son corps, son esprit, son âme,
Tous ses sens,
Et surtout sa chère femme
En ce temps.

Une lueur paraissait
Déjà dans l'air,
Peu à peu il commençait
A faire clair :
Joseph quittant sa prière
En son cours,
Tint à cette sainte mère
Ce discours.

Marie, je vous attends,
On peut sortir,
Avez-vous fait ? il est temps,
Il faut partir ;
J'ai pris tout mon équipage,
Le jour luit,
Et Dieu dans notre voyage
Nous conduit.

Partons donc, mon cher époux,
Et prions Dieu
Qu'il demeure avecque nous
En chaque lieu.
Dieu, montrez de votre face
Les appas,
Et répandez votre grâce
Sur nos pas.

Doux Seigneur, nous vous offrons,
 A ce matin,
La peine que nous souffrons
 En ce chemin ;
Espérant votre assistance,
 Tout soumis,
Dans un lieu sans connaissance,
 Sans amis.

Dieu, vous fîtes mille biens
 A nos anciens,
Les retirant des liens
 Des Egyptiens ;
Les protégeant sous vos ailes
 Quoiqu'ingrats,
Portant même ces rebelles
 Sur vos bras.

Nos pères, selon leur vœu,
 Etaient conduits
D'une colonne de feu
 Toutes les nuits,
Et d'une très-belle nue
 Chaque jour,
Qui paraissaient à leur vue
 Tour-à-tour.

Guidez de même nos pas,
 Seigneur très-saint,
Ne nous abandonnez pas,
 Car dans mon sein
La divinité réduite
 N'est pas moins
Digne de votre conduite,
 De vos soins.

C'est ainsi qu'ils cheminaient
Très-satisfaits,
Ainsi ils s'entretenaient
Des grands bienfaits,
Dont Dieu semble être prodigue ;
Ces propos
Adoucissaient leur fatigue
Et leurs maux.

La Vierge avait raconté
Exactement
La longue captivité
Et le tourment
Des pauvres Israélites,
Et qu'enfin
Dieu, par d'heureuses visites,
Y mit fin.

Joseph avec netteté,
D'autre côté,
Avait aussi raconté
La vérité
De l'histoire de Tobie,
Et qu'il fit,
Au voyage d'Assyrie,
Grand profit.

Marie alors commençait
A se lasser,
Et le bon Joseph pensait
Où reposer,
Lorsqu'ils virent dans la plaine
Un ruisseau,
Qui coulait d'une fontaine,
De belle eau.

Arrivant dans ce beau lieu
Tout enchanté,
Ils bénissaient d'abord Dieu
De sa bonté ;
Notre Dame s'y repose
Près de l'eau,
Et le bon Joseph y pose
Son fardeau.

Écoutons leur entretien
En ce beau lieu,
Et n'en laissons perdre rien ;
Ils adorent Dieu,
Lui donnant mille louanges
D'une voix
Plus douce que n'ont les anges
Mille fois.

FRANÇOISE PASCHAL.

XVI. JOSEPH ET MARIE ARRIVENT A BETLÉEM.

Air : *Chantons, je vous en prie, par exultation.*

SAINT JOSEPH.

Nous voici dans la ville,
Où naquit autrefois
Le roi le plus habile,
Et le plus saint des rois.

LA SAINTE-VIERGE.

Elevons la pensée
A Dieu qui a conduit
Nos pas cette journée ;
Voici venir la nuit.

SAINT JOSEPH.

Quelle reconnaissance
Pouvons-nous rendre à Dieu
De la sainte assistance
Qu'il nous donne en tout lïeu !

LA SAINTE-VIERGE.

Offrons nos corps, nos âmes,
A notre créateur,
Et allumons des flammes
D'amour dans notre cœur.

SAINT JOSEPH.

Allons, ma chère amie,
Devers cet horloger ;
C'est une hôtellerie,
Nous y pourrons loger.

LA SAINTE-VIERGE.

La maison est bien grande,
Et semble ouverte à tous ;
Néanmoins j'appréhende
Que ce n'est pas pour nous.

SAINT JOSEPH.

Mon cher monsieur, de grâce,
N'avez-vous point chez vous
Quelque petite place,
Quelque chambre pour nous ?

L'HÔTE.

Pour des gens de mérite,
J'ai des appartements ;
Point de chambre petite,
Pour vous, mes bonnes gens.

SAINT JOSEPH.

Passons à l'autre rue,

Laquelle est vis-à-vis,
Tout devant notre vue,
Je vois un grand logis.

LA SAINTE-VIERGE.

Aidez-moi donc de grâce,
Je ne puis plus marcher ;
Je me trouve bien lasse,
Il faut pourtant chercher.

SAINT JOSEPH.

Ma bonne et chère dame,
Dites, n'auriez-vous point
De quoi loger ma femme,
Dans quelque petit coin ?

L'HÔTESSE.

Les gens de votre sorte
Ne logent point céans ;
Allez à l'autre porte,
C'est pour les pauvres gens.

SAINT JOSEPH.

Parlez, ma bonne dame,
Ne me pourriez-vous pas
Loger avec ma femme,
Dans un lieu haut ou bas ?

L'HÔTESSE.

Hélas ! je suis marrie,
Monsieur, de n'avoir rien,
Ma maison est remplie,
Et vous le voyez bien.

SAINT JOSEPH.

Mon bon monsieur, de grâce,
Hélas ! n'avez-vous pas

Ou quelque chambre basse,
Ou quelque galetas ?

L'Hôte.

J'ai bonne compagnie
Dont j'aurai du profit ;
Je hais la gueuserie,
C'est tout dire, il suffit.

Saint Joseph.

Auriez-vous, monsieur l'hôte
Maître du Grand-Dauphin,
Quelque grenier ou grotte,
Ou quelque petit coin ?

L'Hôte.

Dans un coin sur la paille,
Avec tous les valets
Et toute la racaille,
Si vous voulez, allez.

Saint Joseph.

Voyons la Rose-Rouge.
Madame de céans,
Auriez-vous quelque bouge
Pour les petites gens ?

L'Hôtesse.

Vous n'avez pas la mine
D'avoir de grands trésors ;
Voyez chez ma voisine,
Car, quant à moi, je dors.

Saint Joseph.

Monsieur des Trois-Couronnes,
Avez-vous logement,
Chez vous pour trois personnes,
Quelque trou seulement.

L'HÔTE.

Vous perdez votre peine,
Vous venez un peu tard,
Ma maison est fort pleine,
Allez quelqu'autre part.

SAINT JOSEPH.

Et vous, monsieur le maître
Des Trois-Petits-Paniers,
Pouvez-vous point nous mettre
Dans un coin de grenier ?

L'HÔTE.

Des quartiers de la ville,
C'est ici le plus plein,
Et c'est peine inutile,
Vous y cherchez en vain.

SAINT JOSEPH.

Monsieur, je vous en prie,
Pour l'amour du bon Dieu,
Dans votre hôtellerie,
Que nous ayons un lieu.

L'HÔTE.

Cherchez votre retraite
Autre part, charpentier.
Ma maison n'est point faite
Pour des gens de métier.

SAINT JOSEPH.

Sieur de la Table-Ronde,
Peut-on loger chez vous ?
Avez-vous tant de monde,
Avez-vous lit pour nous ?

L'Hôte.

Ni lit, ni couverture ;
Vous courez grand hasard
De coucher sur la dure ;
Je vous le dis sans fard.

La Sainte-Vierge.

Et vous, ma chère hôtesse,
Ayez pitié de nous,
Sensible à ma tristesse
Recevez-nous chez vous.

L'Hôtesse.

Je plains votre disgrâce
Et je voudrais avoir
Quelque petite place,
Pour vous y recevoir.

Saint Joseph.

En attendant, madame,
Qu'autre part j'aye veu,
Permettez que ma femme
Ici repose un peu.

L'Hôtesse.

Très-volontiers, m'amie,
Mettez-vous sur ce banc.
Monsieur, voyez la Pie,
Ou bien le Cheval-Blanc.

L'Hôtesse parlant a la Sainte-Vierge.

Excusez ma pensée,
Je ne la puis cacher,
Vous êtes avancée
Et prête d'accoucher.

La Sainte-Vierge.

Je n'attends plus que l'heure,

Non, je n'ai plus de temps,
Et ainsi je demeure
A la merci des gens.

L'Hôte, APPELANT SA FEMME.

Viendras-tu, babillarde,
Veux-tu passer la nuit,
Te faut-il être en garde
Sur la porte à minuit ?

L'Hôtesse.

C'est mon mari qui crie ;
Il me faut retirer ;
Hélas ! je suis marrie
Qu'il nous faut séparer.

XVII. DEUX BERGERS S'ENTRETIENNENT DE LA PROCHAINE NAISSANCE DE JÉSUS-CHRIST.

Air : *Thyrcis, ce berger.*

PIERROT.

Je sens dans mon cœur
Une certaine allégresse,
Qui me poursuit et me presse
Par tant de douceur
Que je soupire sans cesse
Sans savoir l'auteur.

GUILLOT.

Eh ! ne vois-tu pas,
Berger, que c'est un mystère
Que tout le monde révère ?
Un Dieu plein d'appas
Vient finir notre misère
Et tous nos hélas.

PIERROT.

Un Dieu dans ces lieux !
Serait-ce une chose sûre ?

GUILLOT.

Oui, il est vrai, je te jure,
Pour nous rendre heureux,
Il quitte un séjour tout pure
Pour un malheureux.

Noël, à minuit,
D'une vierge tout aimable
Naîtra l'enfant adorable
Qui te réjouit ;
C'est ce Dieu si délectable
Qui fait tant de bruit.

PIERROT.

Dis-moi tout de bon,
D'où sais-tu cette nouvelle ?

GUILLOT.

Un messager son ancelle
Nous a dit d'un ton
Que d'une illustre pucelle
Naîtra l'enfançon.

TOUS DEUX ENSEMBLE.

Allons tous vitement
En Bethléem la jolie ;
Quittons notre bergerie,
Courons promptement :
C'est là que nous verrons Marie
Et son cher enfant.

Deuxième Partie.

NOELS POUR LA FÊTE DE LA NAISSANCE DE N. S. J.-C.

I. CANTIQUE DES BERGERS TROYENS.

Air: *Étant assis sur un bord aquatique;*
ou : *De la Sommière.*

Esprits divins, chantez de la nuit sainte,
C'est cette nuit que la pucelle enceinte
Nous a produit le Verbe précieux ;
C'est cette nuit que l'on a vu les cieux
Tout découverts, et bien cinq cent mille anges
Chanter à Dieu d'éternelles louanges.

C'est donc la nuit, la nuit la plus heureuse,
La nuit qui donne à toute âme amoureuse
Cet heur de voir parfois son Créateur,
La nuit qui donne à l'œil du corps cet heur,
Voir et toucher son Dieu en ce bas monde,
Né de la Vierge à nulle autre seconde.

Heureuse nuit, devant le jour première,
Nuit non pas nuit, mais parfaite lumière,
Qui toujours luit et toujours reluira.
Oh ! malheureux celui qui te dira
Dorénavant obscure, noire et sombre,
Quand ton beau clair se fait maître de l'ombre.

O nuit sans nuit à toute créature !
O nuit ! tu vois le secret que nature
N'a su comprendre et n'entend nullement,
C'est que Marie a maternellement
Enfanté vierge un fils vrai Dieu et homme,
Qui de rigueur la loi du tout consomme.

Nuit consommée en beauté nompareille,
Je vois la lune au ciel qui s'appareille,
Avec ses feux et son clair argentin,
Qui ferait honte au plus beau du matin ;
Et l'ardeur de sa flamboyante face
Le plein midi du clair soleil efface.

Ce grand flambeau de feu qui se promène,
Etincelant parmi la grande plaine,
Montre assez bien ce merveilleux effet
Qu'en ce bas monde un nouveau monde est fait ;
Il est vrai que la transmontante claire
Plus que devant ardemment nous éclaire.

Nuit éclairée en beauté plus que rare,
Tu vois Marie en toi qui se prépare,
Sur l'heure et le point de son enfantement ;
Dis-moi, ô nuit ! ô nuit, dis-moi comment
Toute ravie en terre elle s'incline
Pour adorer cette essence divine ?

Divine nuit, ô quelle jouissance !
Quel bien, quel heur, quelle réjouissance !
Voir le petit à sa mère riant,
La mère aussi l'adorant et priant !
O oraison à l'enfant acceptable ;
O doux sourire à la mère agréable !

Nuit agréable, ores tu peux connaître
Ce Dieu, je dis, Dieu seul à qui doit être
Gloire, vertu, louange, empire, honneur,
Dieu reconnu le maître et le seigneur
De l'univers ; même par leur silence
L'âne et le bœuf en ont la connaissance.

Tu es présente à ce chant angélique,
Je dis ce chant du tout évangélique,
Annonçant l'heure de cet enfantement ;
Dis-moi la joie et le contentement
Que tu reçois lorsque tu peux entendre
Les premiers cris de cet enfant si tendre.

Tu as donc vu, ô nuit, ce grand miracle,
L'enfant sortir du sacré tabernacle,
Comme l'époux de son sacré pourpris,
L'enfant aimé auquel le Père a pris
Tout son plaisir et sa jouissance,
Et néanmoins tous deux de même essence.

Dis-moi comment chaque pasteur s'assemble
Pour aller voir cet enfant, tous ensemble
Ont entrepris de l'aller visiter.
O nuit sans nuit, veuille-moi réciter
Les saints propos et cantiques de joie
Qu'ils ont chanté hautement par la voie.

Ils l'ont trouvé près de la pucelette,
Qui mère, vierge et nourrice l'allaite,
Puis se sont pris ensemble à le louer,
Et l'ont voulu pleinement avouer
Comme celui qu'ils doivent reconnaître
Pour leur pasteur, roi, et souverain maître.

Bref, nuit, ô nuit sur toutes désirée !
A mille jours, mille nuits préférée,
Ainsi qu'on voit venir premièrement
L'avent de Dieu, ainsi secondement
En toi viendra, quand il viendra dissoudre
Les éléments et par feu et par foudre.

O Fils de Dieu, co-éternel au Père,
En qui ce monde entièrement espère
Par ta venue être tout racheté,
Et par ton sang être vivifié,
Seigneur, Seigneur, donne lui cette grâce,
Qu'en tout, partout, ta volonté il fasse.

II. LA NUIT ET LE JOUR.

Air : *Sommes-nous pas trop heureux, etc.*

LA NUIT.

O Jour, ton divin flambeau
Va commencer sa carrière,
Mais apprends que sa lumière
N'a maintenant rien de beau ;
Sache que mes voiles sombres,
Qui semblent traîner l'effroi,
Ont reçu, malgré leurs ombres,
Un plus grand bonheur que toi.

LE JOUR.

Quel est donc ce grand bonheur,
Qui te donne tant d'audace ?
Dis-moi quelle est cette grâce,
Où tu fondes ton bonheur ?

As-tu vu quelque spectacle
Qui se dérobe à mes yeux ?
T'a-t-on fait servir d'obstacle
A mes désirs curieux ?

LA NUIT.

Celui qui forma de rien
Toute la machine ronde,
Et qui créa le grand monde,
Dont lui seul est le soutien,
Est, par un secret mystère,
Envoyé dans ces bas lieux ;
Une vierge en est la mère,
Comme il est vrai fils de Dieu.

LE JOUR.

O Nuit ! explique-toi mieux,
Sur cette étrange aventure,
Quoi l'auteur de la nature
Serait-il sorti des cieux ?
Comment me feras-tu croire
Un si grand événement ?
As-tu vu ce roi de gloire,
Pour parler si savamment ?

LA NUIT.

Depuis que j'ai commencé
D'étendre mes sombres voiles,
Et fait briller mes étoiles,
Ce prodige s'est passé ;
Une vierge a mis au monde,
Ce monarque glorieux,
Que le ciel, la terre et l'onde
Exalteront en tous lieux.

LE JOUR.

Mais qui te peut assurer
Que ce soit ce grand monarque ?
En as-tu vu quelque marque
Que tu puisses figurer ?
Dis sous quel astre propice
Est né ce nouveau soleil,
Et donne-moi quelque indice
De ce bonheur nompareil.

LA NUIT.

J'ai vu dans un antre obscur
Une vierge chaste et belle
Allaiter de sa mamelle
Ce fruit si saint et si pur ;
Les pastoureaux et les anges
Vont d'un air dévotieux
Chanter là mille louanges
A cet enfant précieux.

LE JOUR.

O Nuit ! c'est avec raison
Que tu te crois bienheureuse,
A ma clarté lumineuse
Tu feras comparaison :
Puisque le souverain Maître,
Dont j'emprunte ma clarté,
Dans ton sein a voulu naître,
Vante ta félicité.

III. SOUPIRS D'UNE AME QUI ATTEND JÉSUS-CHRIST.

Air : *Aimable vainqueur.*

Aimable Sauveur,
Tu vois mon malheur,
Descends sur la terre,
Viens de la guerre
Bannir la fureur.
Taris mes larmes,
Calme mes alarmes,
Finis ma langueur.
Je suis dans les fers,
La mort m'environne,
L'espoir m'abandonne,
Je vois les enfers.

Je suis perdu,
Messie attendu,
Ta grâce féconde
Doit sauver le monde
Tremblant, éperdu ;
Rachète-moi,
Ma douleur profonde
N'a recours qu'à toi.

J'attends le grand jour
Qui, dans ce séjour,
Te doit faire naître.
Céleste maître,
Descends de ta cour,
Vois ma misère.
N'est-tu pas un père
Tout brûlant d'amour ?
Entends mes soupirs,

Sauve un misérable,
Sois-moi favorable,
Comble mes désirs.
    Cent et cent fois
Ta divine voix
Nous a fait entendre
Que tu dois descendre
Pour voir sous tes lois
    Tous les humains ;
Leur sort va dépendre
De tes seules mains.

    Les cieux sont ouverts
J'entends dans les airs
Des chants de victoire.
Quelle est ta gloire ?
Roi de l'univers,
Tu vas descendre,
Mais c'est pour répandre
Mille bien divers.
Enfin je te vois,
Ton règne commence :
Toute ta clémence
N'a d'objet que moi.
    Ton tendre amour
Triomphe en ce jour ;
O sort plein de charmes !
L'enfer rend les armes,
Tout cède à son tour.
    Jour fortuné !
Pour tarir mes larmes
Le Sauveur est né.

PELLEGRIN.

IV. JOSEPH ET MARIE SE RÉFUGIENT DANS UNE ÉTABLE.

Air : *Fausse trahison, Dieu te maudit*

Noël pour l'amour de Marie
Nous chanterons joyeusement ;
Lorsque porta le fruit de vie,
Ce fut pour notre sauvement.

Joseph entrait avec Marie
Un soir bien tard à Bethléem ;
Ceux qui tenaient hôtellerie
Ne les prisaient pas grandement.

S'en allèrent parmi la ville,
D'huis en huis, logis quérant,
A l'heure où la Vierge Marie
Etait prête d'avoir enfant.

S'en allèrent chez un riche homme
Logis demander humblement ;
Et on leur répondit en somme :
Avez-vous chevaux largement ?

—Nous n'avons qu'un bœuf et un âne,
Voyez-les ci présentement. —
Vous me ressemblez truandaille,
Vous ne logerez point céans.

Ils s'en allèrent chez un autre
Demander logis pour argent,
Mais on leur répondit en outre :
Vous ne logerez point céans.

Joseph lors regarda un homme,
Qui lui disait : méchant paysan,

Où menez-vous la jeune dame
Qui n'a pas plus haut de quinze ans ?

Joseph lors regarda Marie,
Qui avait le cœur très-dolent,
En lui disant : Ma douce amie,
Ne logerons-nous autrement ?

J'ai vu là une vieille étable,
Logeons-nous-y pour le présent.
A cette heure la vierge aimable
Etait prête d'avoir enfant.

A la minuit, cette nuitée,
La douce Vierge eut enfant,
Sa robe n'était pas fourrée
Pour l'envelopper chaudement,

Elle le mit dans une crèche,
Sur un peu de foin seulement,
Une pierre dessous la tête
Pour reposer le Tout-Puissant.

Mes très-chers gens, ne vous déplaise,
Si vous vivez bien tristement ;
Si fortune vous est contraire,
Prenez-la bien patiemment ;

En souvenance de la Vierge
Qui prit son logis pauvrement,
En une étable découverte
Qui n'était fermée au-devant.

Or, prions la Vierge Marie
Que son Fils veuille supplier,
Afin qu'en quittant cette vie
En paradis puissions aller.

V. LE MAITRE DE L'ÉTABLE, SAINT JOSEPH ET LA SAINTE VIERGE.

Air: *Réveillez-vous, belle endormie*, ou: *Noël pour l'amour de Marie.*

LE MAÎTRE.

Je suis le maître de la grange,
Et c'est à moi qu'elle appartient ;
Ainsi je trouve fort étrange
Que sans me rien dire on y vient.

SAINT-JOSEPH.

Vous paraissez trop raisonnable,
Monsieur, pour ne vous apaiser,
Voyant que jusqu'à votre étable,
Le Messie veut bien s'abaisser.

J'allais chez vous tout à cette heure
Vous demander par charité
De permettre qu'il y demeure,
Puisque c'est par nécessité.

LE MAÎTRE.

Pardon, Monsieur, je vous en prie,
Excusez mon emportement,
Mais que dites-vous du Messie ?
Et quel est son avénement ?

Si les promesses ne sont vaines,
Que nous lisons dans nos écrits,
Nous verrons dans peu de semaines
Notre Messie Jésus-Christ.

SAINT-JOSEPH.

Cette divine prophétie,
A ce jour, en ce pauvre lieu,

Est heureusement accomplie ;
Rendons-en tous grâces à Dieu.

Ne pleurez plus, très-sainte mère,
Vos larmes me percent le cœur,
Et j'ai une douleur amère
De vous avoir donné la peur.

Votre charmante modestie
Qui fait rougir votre beau teint,
Fait bien voir que c'est le Messie.
Que vous serrez dans votre sein.

Je me prosterne contre terre,
Je l'adore et le crois si bon,
Vu que mon étable l'enserre,
Qu'il m'accordera le pardon.

Et vous Joseph, et vous Marie,
Intercédez tous deux pour moi ;
Demandez-lui, je vous en prie,
Que sa grâce augmente ma foi.

Car la raison ne peut comprendre
Que pauvre, comme je le vois,
Sans amis il puisse entreprendre
Un jour de se faire un grand roi.

Quoiqu'il en soit, je veux soumettre
Mon entendement à la foi,
Croyant que cet enfant doit être
Mon Dieu, mon Sauveur et mon roi.

Pour marque de ma foi sincère,
Je vous donne dès ce moment,
En l'honneur de ce grand mystère,
Ce pauvre petit logement.

Mais, faites mieux, je vous supplie,
Vu la rigueur de la saison,
Venez, Joseph, venez, Marie,
Avec l'enfant dans ma maison.

LA SAINTE VIERGE.

—Notre loi veut qu'une accouchée
Demeure, après l'accouchement,
Quarante jours bien enfermée,
Et sans sortir aucunement.

LE MAÎTRE.

Cette loi ne fut jamais faite
Pour vous, digne mère de Dieu ;
Non, vous n'y êtes point sujette,
Et vous pouvez quitter ce lieu.

LA SAINTE VIERGE.

Comme mon fils je dois l'exemple,
Je veux laisser passer ce temps ;
Après quoi nous irons au temple
Pour offrir nos pauvres présents.

LE MAÎTRE.

Mais, Madame, il est impossible
Que vous pensiez rester ici ;
Le froid qu'il fait est si sensible
Que votre enfant est tout transi.

LA SAINTE VIERGE.

Puisqu'à notre nature humaine
Il unit sa divinité,
Il souffrira bien cette peine,
Par un excès de charité.

LE MAÎTRE.

Divin Sauveur, je suis indigne
Que vous veniez loger chez moi ;
Et de cette faveur insigne,
Tu me prives, cruelle loi.

VI. JOIE UNIVERSELLE A LA NAISSANCE DE !N. ·S. J.-C.

Air: *Grâce soit rendue à Dieu de la sus.*

Que chacun seconde
Les concerts des cieux,
Que l'écho réponde
A nos chants joyeux.
Un Dieu vient de naître,
C'est dans nos hameaux,
Faisons donc paraître
Nos soins les plus beaux.
Alleluia, alleluia !
Kyrie, Christe,
Kyrie, eleïson.

Nous avons un gage
D'un heureux destin,
D'un long esclavage
Nous voyons la fin.
Un bien plein de charmes,
Qui nous vient des cieux,
A tari les larmes
Qui noyaient nos yeux.
Alleluia, alleluia !
Kyrie, Christe,
Kyrie, eleïson.

Ce Dieu favorable,
Qui comble nos vœux,
Se rend misérable,
Pour nous rendre heureux.
La nature humaine
N'espérait qu'en lui,
Pour briser sa chaîne,
Il naît aujourd'hui.
Alleluia, alleluia !
Kyrie, Christe,
Kyrie, eleïson,

Le jus d'une pomme
Lui fut un poison ;
Mais un Dieu fait homme
Est sa guérison ;
Pour venir a l'aide,
Il est descendu ;
Sans ce grand remède
Tout était perdu.
Alleluia, alleluia !
Kyrie, Christe,
Kyrie, eleïson,

Puisque tout respire
Par ses doux bienfaits,
Que sous son empire
Tout vive à jamais.
Publions la gloire
D'un Dieu rédempteur,
Chantons sa victoire,
Et notre bonheur.
Alleluia, alleluia !
Kyrie, Christe,
Kyrie, eleïson.

Pour lui rendre grâces
D'un bonheur si doux,
Marchons sur ses traces
Comme il vient à nous.
Son amour extrême
Doit nous enflammer,
Autant qu'il nous aime,
Tâchons de l'aimer.
Alleluia, alleluia !
Kyrie, Christe,
Kyrie, eleïson.

Puisque sa naissance
Nous sauve aujourd'hui,
Par reconnaissance
Donnons-nous à lui.
Il ne veut pas naître
Pour des cœurs ingrats:
Servons ce bon maître
Jusques au trépas.
Alleluia, alleluia!
Kyrie, Christe,
Kyrie, eleïson.

PELLEGRIN.

VII. MÊME SUJET.

Air: *O filii et filiæ.*

Chantons, chantons le roi des cieux,
Il vient de naître en ces bas lieux,
Chantons un jour si solennel,
Noël, Noël.

Jésus triomphe des enfers,
Il rend la paix à l'univers.
Chantons le Fils de l'Éternel.
Noël, Noël.

Tout est changé par son amour,
Et notre sort, en ce grand jour,
Est aussi doux qu'il fut cruel.
Noël, Noël.

On ne doit plus verser de pleurs.
Un Dieu finit tous les malheurs
Que fit le crime originel.
Noël, Noël.

L'orgueil de nos premiers parents
Avait perdu tous leurs enfants ;
Tout l'univers fut criminel.
Noël, Noël.

Le ciel, par un funeste sort,
Nous condamna tous à la mort ;
Et cet arrêt fut sans appel.
Noël, Noël.

Tout l'univers était perdu,
Mais le Sauveur est descendu ;
Un Dieu pour nous s'est fait mortel.
Noël, Noël.

Sion, Sion, réjouis-toi,
Tu vois ici ton divin roi ;
Il est le père d'Israël.
Noël, Noël.

Pour bien répondre à ses bienfaits,
Ton tendre amour doit à jamais
Brûler l'encens sur son autel.
Noël, Noël.

Il est tout prêt à s'immoler,
Viens voir son sang qui va couler,
Viens voir cet innocent Abel.
Noël, Noël.

Ah! quel bonheur tu tiens de lui;
Le ciel devient, dès aujourd'hui,
Ton héritage paternel.
Noël, Noël.

Que tout réponde à nos concerts,
De mille cris frappons les airs,
Chantons un jour si solennel.
Noël, Noël.

PELLEGRIN.

VIII. MÊME SUJET.

Air : *Laissez paître vos bêtes.*

Un Dieu brise nos chaînes,
Que ferons-nous à notre tour ?
Portons-lui pour étrennes
Des cœurs brûlants d'amour.

Faisons-lui voir en ce moment
Un amoureux empressement.
Qu'il est charmant
Ce tendre amant !
Un Dieu brise nos chaînes,
Que ferons-nous à notre tour ?
Portons-lui pour étrennes
Des cœurs brûlants d'amour.

Unissez-vous tous à la fois,
A nos concerts joignez vos voix.
Peuples et rois,
Hôtes des bois.
Un Dieu brise nos chaînes, etc.

Accourez tous, ne tardez pas
A voir un Dieu si plein d'appas,
Sacrés prélats,
Hâtez vos pas.
Il a brisé nos chaînes, etc.

Passez les monts, passez les mers
Pour voir le vainqueur des enfers
Maîtres divers
De l'univers.
Un Dieu brise nos chaînes, etc.

Quittez vos villes pour nos bois,
Appuis des lois, dignes du choix
Que font de vous,
Les plus grands rois.
Un Dieu brise nos chaînes, etc.

Venez, tant riches qu'indigents,
Pour seconder nos tendres chants.
Bourgeois, marchands ;
Vous, artisans.
Un Dieu brise nos chaînes, etc.

PELLEGRIN.

IX. MÊME SUJET.

Air : *Or, dites-nous, Marie.*

Célébrons la naissance
Nostri salvatoris,
Qui fait la complaisance
Dei sui Patris.
Cet enfant tout aimable,
In nocte media,
Est né dans une étable
De casta Maria.

Cette heureuse nouvelle
Olim pastoribus
Par un ange fidèle
Fuit nuntiatus,
Leur disant : laissez paître
In agro viridi ;
Venez voir votre maître
Filiumque Dei

A cette voix céleste,
Omnes hi pastores,
D'un air doux et modeste,
Et multum gaudentes
Incontinent marchèrent,
Relicto pecore,
Tous ensemble arrivèrent
In Bethleem Judæ.

Le premier qu'ils trouvèrent,
Intrantes stabulum,
Fut Joseph ce bon père
Senio confectum,

Qui, d'ardeur non pareille,
It obviam illis,
Les reçoit, les accueille
Expansis manibus.

Il fait à tous caresse,
Et in præsepio
Fait voir plein d'allégresse
Matrem cum filio.
Ces bergers s'étonnèrent,
Intuentes eum,
Que les anges révèrent,
Pannis involutum.

Lors ils se prosternèrent
Cum reverentia ;
Et tous ils adorèrent
Pietate summa
Ce Sauveur tout aimable,
Qui homo factus est,
Et qui dans une étable
Nasci dignatus est.

D'un cœur humble et sincère
Suis muneribus
Ils donnèrent à la mère
Et filio ejus
Des marques de tendresse,
Atque his peractis
Font voir leur allégresse
Hymnis et canticis.

Mille esprits angéliques,
Juncti patoribus,
Chantent dans leur musique,

Puer vobis natus ;
Au Dieu par qui nous sommes
Gloria in excelsis,
Et la paix soit aux hommes
Bonæ voluntatis.

Jamais pareilles fêtes
Judicio omnium ;
Même jusques aux bêtes
Testantur gaudium ;
Enfin cette naissance
Cunctis creaturis
Donne réjouissance
Et replet gaudiis.

Qu'on ne soit insensible !
Adeamus ommes
A Dieu rendu paisible
Propter nos mortales,
Et tous de compagnie
Deprecemur eum
Qu'à la fin de la vie
Det regnum beatum.

X. UN ANGE ANNONCE AUX BERGERS LA NAISSANCE DE J.-C.

Air : *De Joconde.*

L'ANGE.

Venez, bergers, accourez tous,
Laissez vos paturages,
Un nouveau roi naît parmi vous,
Portez-lui vos hommages ;

N'oubliez point vos chalumeaux
Ni vos douces musettes,
Et faites de vos airs nouveaux
Retentir ces retraites.

LE PASTEUR.

Quelle est cette importune voix
Qui frappe mon oreille ?
Ne puis-je dormir une fois
Sans que l'on me réveille ?
Tantôt les coqs·trop diligents,
Tantôt l'enfant qui crie....
On doit laisser dormir les gens,
Quand ils en ont envie.

L'ANGE.

Berger, tu dors hors de saison,
Le soleil de la grâce
Vient de briller sur l'horizon.
Ce discours te surpasse ;
Je vais parler plus clairement :
Le Sauveur vient de naître,
Et je descends du firmament
Pour annoncer mon maître.

LE PASTEUR.

Oh ! quel éclat frappe mes yeux,
Malgré la nuit profonde !
Sans doute, c'est le roi des cieux
Qui vient de naître au monde ;
Je sens déjà, dans mon esprit,
La grâce qui m'éclaire,
Et sa lumière me suffit
Pour un si grand mystère.

6

L'ANGE.

Viens donc, berger, ne tarde pas
De lui montrer ton zèle ;
On ne peut trop hâter ses pas
Quand un Dieu nous appelle.
Cours éveiller tout le hameau,
Et que chacun s'empresse
De venir voir dans le berceau
Ce Dieu plein de tendresse.

LE PASTEUR.

Allons, bergers, éveillez-vous,
Courons voir le Messie ;
Ange du ciel, conduisez-nous
Vers l'auteur de la vie ;
Enseignez-nous l'heureux séjour
Choisi pour sa naissance ;
Et soyez sûrs, à votre tour,
De notre obéissance.

PELLEGRIN.

XI. MÊME SUJET.

Air : *La bergère Aminte et le berger Tircis.*

L'ANGE.

Sus, qu'on se réveille !
Bergers, ouvrez les yeux ;
Oyez la merveille
Que j'apporte des cieux.
Vîte, daignez m'entendre ;
Debout ! mes amis
Endormis !
Venez apprendre
Un grand bonheur qui vous était promis.

UN BERGER.

O merveille étrange !
Bergers, réveillez-vous
Pour voir un bel ange
Qui veut parler à nous.
On ne voit que lumière,
Et de mille feux
Lumineux
Le ciel éclaire
Par quelque événement prodigieux.

L'ANGE.

Troupe pastourelle,
Silence, écoutez tôt
L'heureuse nouvelle
Que j'apporte d'en haut :
Il vient ici de naître
Un petit dauphin
Tout divin,
Pour le connaître,
Gentils bergers, mettez-vous en chemin.

LES BERGERS.

Quel est donc ce prince,
Ce petit nouveau-né ?
De quelle province
Nous est-il amené ?
Croyez-vous, ange sage,
Que de simples gens,
Indigents,
Sans équipage,
Soient bien venus dans les palais des grands ?

L'ANGE.

C'est le roi suprême,
Le monarque des cieux ;
Bergers, c'est lui-même
Qui demande vos vœux.
Il est dans une crèche
Tout tremblant, sans feu,
Sur un peu
De paille fraîche ;
C'est là qu'on voit ce divin fils de Dieu.

LES BERGERS.

Mais, esprit céleste,
N'est-il pas à propos
Qu'ici quelqu'un reste
Pour garder nos troupeaux ?
Trouvez-le bon, bel ange,
Car s'il vient un loup
Tout d'un coup
Qui nous les mange,
La perte nous affligerait beaucoup.

L'ANGE.

Le loup n'aura garde
D'entrer dans ces vergers ;
Nous y prendrons garde,
Ne craignez rien, bergers ;
Allez dans sa demeure,
Ce divin soleil,
Sans pareil,
Est, à cette heure,
En Bethléem dans un pauvre appareil.

LES BERGERS.

- Quittons la montagne,
Bergères et bergers,
Allons en campagne,
Sans crainte ni dangers ;
Nous verrons dans la grange
Le petit enfant
Triomphant,
Ce divin ange
Assure qu'il est Fils du Dieu vivant.

XII. MÊME SUJET.

L'ANGE.

Air : *Va-t-en voir s'ils viennent, Jean, etc.*

Dans une étable, un Sauveur,
Bergers, vient de naître,
Pour l'aimer de tout son cœur,
Il le faut connaître ;
Allez à l'étable tous, allez à l'étable.

LES BERGERS.

Air : *Adieu, paniers, vendanges sont faites.*

Pour nous annoncer cette gloire,
Seriez-vous descendu des cieux ?
Ce brillant qu'on voit dans vos yeux
Nous fait juger qu'il faut vous en croire.

L'ANGE.

Bergers, à ma mission
Vous rendez justice ;
Dieu, pour votre intention,
Vous sera propice ;
Allez à l'étable tous, allez à l'étable.

LES BERGERS.

Ange, envoyé de notre maître,
Dites-nous où loge son fils ;
Sa bonté pour nous est sans prix,
Et nous irons chez lui comparaître.

L'ANGE.

Dans Bethléem, chers enfants,
Naîtra le Messie ;
On le sait depuis longtemps
Du prophète Isaïe ;
Allez à l'étable tous, allez à l'étable.

LES BERGERS.

Que ferons-nous, allant par bande,
Ange de Dieu, dites-le nous ?
C'est un seigneur qu'on dit jaloux ;
Veut-il qu'on lui fasse quelqu'offrande ?

L'ANGE.

Ce Dieu ne demande rien
Qu'un cœur sans partage ;
Il doit être votre bien
Et votre héritage ;
Allez à l'étable tous, allez à l'étable.

LES BERGERS.

Lui ferons-nous la révérence
Avec entière liberté ?
Car, auprès d'une majesté,
C'est, quelquefois, trop grande licence.

L'ANGE.

Tous les hommes sont égaux
Pour ce Dieu suprême ;

Attentif à tous leurs maux,
Sans choix il les aime ;
Allez à l'étable tous, allez à l'étable.

LES BERGERS.

Puisque nous sommes sans science,
Comment parler à ce Sauveur ?
Quand on visite un grand seigneur,
L'on doit avoir un peu d'éloquence.

L'ANGE.

• Ce Dieu rempli de bonté
Aime moins la science
Qu'il n'aime l'humilité
Et l'obéissance ;
Allez à l'étable tous, allez à l'étable.

LES BERGERS.

Nous pouvons donc, sur nos musettes,
Célébrer le nom de ce roi,
Et lui présenter notre foi,
Mal habillés, avec des houlettes.

L'ANGE.

Vous le pouvez, mes amis,
Ce Sauveur aimable
Avec des esprits soumis
Est toujours traitable :
Allez à l'étable tous, allez à l'étable.

LES BERGERS.

Ce roi du ciel et de la terre
Reçoit donc bien les pauvres gens.
Mais que diront ses courtisans ?
Ils se riront de notre misère.

L'ANGE.

On ne trouve pas chez lui
Grande compagnie ;
Vous n'y verrez aujourd'hui
Que Joseph et Marie ;
Allez à l'étable tous, allez à l'étable.

LES BERGERS.

Ange divin, quel grand mystère !
Le créateur du firmament
S'abaisse et devient un enfant ;
Comment cela se peut-il donc faire ?

L'ANGE.

Des péchés du genre humain
Il est la victime,
Quoique maître et souverain,
Il lave son crime ;
Allez à l'étable tous, allez à l'étable.

LES BERGERS.

Mais quelle douce symphonie
Se fait entendre dans les airs !
Nos sens, charmés de ces concerts,
Sont étonnés de tant d'harmonie,

L'ANGE.

Cette musique et cette voix
Vous viennent des anges,
Qui de ce grand roi des rois
Chantent les louanges ;
Allez à l'étable tous, allez à l'étable.

LES BERGERS.

C'est un agréable voyage
De visiter l'enfant nouveau ;

Est-il un spectacle plus beau
Qu'un Dieu qui nous tire d'esclavage ?

Partons donc tous en diligence,
Et nous verrons, dans cet enfant,
Un Dieu qui nous sauve en naissant :
Quel grand sujet de reconnaissance !

XIII. MÊME SUJET.

SYLVANDRE.

Air : *N'oubliez pas votre houlette.*

Viens vîte, laisse ta houlette,
    Lisette,
Viens, laisse ton troupeau.
Je ne sais quoi de grand, de beau,
Rend aujourd'hui ma joie parfaite.
Viens vîte, laisse ta houlette,
    Lisette,
Viens, laisse ton troupeau.

Ce bonheur, cette joie extrême,
    Toi-même
Ne la ressens-tu pas ?
Je la sens croître à chaque pas,
Dépêche-toi, viens si tu m'aimes.
Ce bonheur, cette joie extrême,
    Toi-même,
Ne la ressens-tu pas ?

J'entends, je vois, et pour tout dire,
    J'admire,
Mais je ne sais de quoi !
Lisette, allons, allons, crois-moi,
Quelqu'un voudra bien nous instruire.

J'entends, je vois, et pour tout dire,
　　J'admire,
　Mais je ne sais de quoi.

　　Écoutons qui, par sa musique,
　　　S'applique
　A charmer tous nos sens ?
Ce ne sont pas là de nos chants,
C'est là quelque voix angélique.
Ecoutons qui, par sa musique,
　　　S'applique
　A charmer tous nos sens.

LES ANGES DANS LES AIRS.

　Gloire à Dieu dans les cieux ! sur terre
　　　La guerre
　Soit bannie à jamais !
Goûtez une éternelle paix,
Mortels, pour qui Dieu se resserre.
Gloire à Dieu dans les cieux ! sur terre
　　　La guerre
　Soit bannie à jamais !

L'ANGE AUX BERGERS.

　Heureux bergers, que la nouvelle
　　　Est belle,
　Que je viens annoncer !
Veut-on ici vous effrayer ?
Allez, armez-vous d'un saint zèle.
Heureux bergers, que la nouvelle
　　　Est belle,
　Que je viens annoncer !

　　C'est pour vous qu'un Dieu vient de naître ;
　　　Le maître

Vient pour nous servir tous ;
Le saint des saints est parmi nous,
Comme pécheur il veut paraître.
C'est pour vous qu'un Dieu vient de naître,
    Le maître
Vient pour nous servir tous.

LISETTE.

Sylvandre, une sainte tendresse
    Me presse
De sortir de ces lieux ;
Voyons à qui courra le mieux,
Ne m'accuse plus de paresse.
Sylvandre, une sainte tendresse
    Me presse
De sortir de ces lieux.

Ah ! qu'il est beau, que son air tendre,
    Sylvandre,
Sait bien se faire aimer !
Il a su, pour moi, me charmer,
Comment faire pour s'en défendre !
Ah ! qu'il est beau, que son air tendre,
    Sylvandre,
Sait bien se faire aimer.

Quittons pour jamais notre flamme,
    Mon âme
T'aima jusqu'à ce jour,
Elle sent un plus noble amour,
C'est un autre feu qui l'enflamme.
Quittons pour jamais notre flamme,
    Mon âme
T'aima jusqu'à ce jour.

SYLVANDRE.

Renonçons à notre amourette,
Lisette,
Je suis sous d'autres lois,
J'ai su faire un plus noble choix,
Je sens une ardeur plus parfaite.
Renonçons à notre amourette,
Lisette,
Je suis sous d'autres lois.

LISETTE.

Je t'aimais, et nos cœurs, ce semble,
Ensemble
Etaient assez unis.
J'aimais à voir le mien soumis ;
Mais il est à Dieu, que t'en semble ?
Je t'aimais, et nos cœurs, ce semble,
Ensemble
Étaient assez unis.

SYLVANDRE.

Je t'aimais et de ma tendresse,
Sans cesse,
Je venais t'assurer ;
Je vois à me laisser charmer.
Qu'en dis-tu ? pour Dieu je te laisse.
Je t'aimais et de ma tendresse,
Sans cesse,
Je venais t'assurer.

LISETTE ET SYLVANDRE.

Changeons notre ardeur mutuelle
En celle

Que l'Enfant veut de nous.
Où trouver un meilleur époux ?
Où trouver un cœur plus fidèle ?
Changeons notre ardeur mutuelle
    En celle
Que l'Enfant veut de nous.

———

XIV. MÊME SUJET.

Air : *Les bourgeois de Châtres.*

L'ANGE.

Berger, que l'on s'éveille
Pour marcher sur mes pas ;
Viens voir une merveille,
Et ne diffère pas.
D'un Dieu qui naît pour toi
Le tendre amour t'appelle,
Viens adorer ce nouveau roi,
Dont le ciel même suit la loi ;
Sois-lui toujours fidèle.

LE BERGER.

Quelle voix importune
M'arrache au doux sommeil ?
Prends-tu ce clair de lune
Pour l'éclat du soleil ?
Tu crois donc qu'il est jour,
Et qu'il faut qu'on se lève,
Sans doute que tu l'as rêvé,
Ton somme n'est pas achevé ;
Cours achever ton rêve.

L'ANGE.

Ce n'est pas un vain songe,
Viens voir un beau soleil,
Tandis que tout se plonge
Dans un profond sommeil.
Je suis le messager
D'un Dieu qui vient de naître ;
Eveille-toi, suis-moi, berger ;
Un zèle ardent doit t'engager
A voir un si bon maître.

LE BERGER.

Bon Dieu ! quelle lumière
Eclate dans ces lieux !
Je baisse la paupière,
Elle éblouit mes yeux.
Je vois déjà le jour,
La nuit ne dure guère,
La lune n'a pas fait son tour
Et le soleil est de retour :
Quel est donc ce mystère ?

L'ANGE.

Ce mystère admirable
Va faire ton bonheur ;
En ce jour favorable
Est né ton rédempteur,
Viens voir ce nouveau-né
Enveloppé de langes ;
Faut-il qu'il soit abandonné ?
Il fut toujours environné
Des sacrés chœurs des anges.

LE BERGER.

O messager céleste,
Quel est votre discours?
Achevez-moi le reste,
N'en bornez point le cours;
Je brûle d'être instruit,
Et j'aime à vous entendre;
Expliquez-moi quel astre luit
Dans le sein même de la nuit,
J'ai peine à le comprendre.

L'ANGE.

C'est le divin Messie
Qu'attend tout Israël;
C'est l'auteur de la vie,
Le Fils de l'Eternel;
Pour te tirer des fers,
Ce grand Dieu s'est fait homme.
Ne sais-tu pas que l'univers
Fut fait esclave des enfers
Par la fatale pomme?

LE BERGER.

J'en sais la triste histoire,
On me l'apprit cent fois;
Mais quoi! le roi de gloire
Peut-il choisir nos bois?
Dans un brillant séjour
N'aurait-il pas dû naître?
Je m'attendais qu'il vînt un jour,
Suivi d'une superbe cour,
Pour nous parler en maître.

L'ANGE.

Il lance le tonnerre,
Et le ciel suit sa loi ;
Mais il vient sur la terre
Plus en sujet qu'en roi.
Par son humilité
Cette pure victime
Apaise son Père irrité ;
Tu sais de l'homme révolté
Que l'orgueil fut le crime.

LE BERGER.

C'est trop m'en faire entendre
Ne perdons point de temps ;
Pour voir un Dieu si tendre
Ménageons les instants.
Ah ! je ne me sens pas
De joie et de tendresse ;
Marchez devant, je suis vos pas ;
Un bien si grand, si plein d'appas,
Vaut bien que l'on s'empresse.

PELLEGRIN.

XV. MÊME SUJET.

Air : *Dans nos champs, l'amour de Flore.*

L'ANGE.

Dans ces champs,
A vos musettes,
Bergers, faites
Répondre vos chants ;
Que la joie,
Dans ces hameaux,

Se déploie
Sur vos chalumeaux.
Votre maître
Vient de naître,
Laissez paître
Vos tendres agneaux ;
Dans ces beaux lieux
Plus de guerre,
Paix en terre,
Gloire aux cieux !

UN BERGER.

Dans la nuit
Quelle lumière
Nous éclaire !
Quel bel astre luit !
Mais qu'entends-je ?
Quels doux concerts !
C'est un ange
Qui remplit les airs.
Nos génisses
En mugissent
Et bondissent
Sur les tapis verts.
Quel est l'enfant
Qu'on voit naître
Comme un maître
Triomphant ?

L'ANGE.

C'est un roi,
Qui n'a pour armes
Que les charmes
D'une aimable loi.

Il veut rendre
Vos jours heureux
Et répandre
Le calme en tous lieux.
L'abondance,
L'innocence,
La clémence,
Doux présents des cieux,
Suivent ses pas,
Son empire
Va produire
Mille appas.

LE BERGER.

Aux doux sons
De vos musettes,
Pasteurs, faites
Sauter vos moutons.
Qu'on apprête,
Dans ce hameau,
Une fête
Pour ce roi nouveau.
Que Timante,
Que Philante
D'amarantes
Couvrent son berceau.
Chantons en chœur
Son éloge ;
Mais où loge
Ce Seigneur ?

L'ANGE.

Sans éclat,
Sur l'herbe sèche

D'une crèche
Est ce potentat ;
Ce spectacle
Vous interdit,
Mais l'oracle
Vous l'avait prédit.
Il veut naître,
Sans paraître
Comme un maître,
Sans biens, sans crédit ;
Mais c'est par-là
Qu'il dégage
L'esclavage
De Juda.

LE BERGER.

Si ce roi
Dans l'indigence
Prend naissance,
Dites-nous pourquoi
N'a-t-il pages,
Ni beau palais ;
Equipages,
Ni cour, ni sujets ?
Sans finance,
Sans dépense,
Sans puissance,
Sans biens, sans attraits.
Et sans splendeur,
Peut-il faire
Qu'on révère
Sa grandeur ?

L'ANGE.

Ses travaux
Et sa misère
Doivent faire
Cesser tous vos maux.
Il se livre
Pour vous sauver,
Et veut vivre
Pour vous conserver.
Vos faiblesses
L'intéressent ;
Vos bassesses
Vont vous élever.
Heureux pasteurs,
Son empire
Ne désire
Que des cœurs.

LE BERGER.

Allons voir
Tous ce monarque
Dont on marque
Le charmant pouvoir.
Vous, Philène,
Vous, Corydon,
Sur le chêne,
Gravez son beau nom.
Qu'à voix pleine,
On l'apprenne,
Dans la plaine
A tout le canton ;
Que les échos
Retentissent
Et remplissent
Nos coteaux.

XVI. LES BERGERS S'EXCITENT L'UN L'AUTRE A CÉLÉBRER LA NAISSANCE DE J.-C.

Air : *Préparons-nous pour la fête nouvelle.*

Préparons-nous pour là fête nouvelle,
Courons lorsqu'un Dieu nous appelle ;
N'ayons point de regret à quitter nos hameaux,
Abandonnons le soin de nos troupeaux.

Du loup cruel craignons moins le ravage ;
Songeons au céleste héritage.
Un Dieu se donne à nous, c'est le suprême bien ;
Qui le possède a-t-il besoin de rien ?

O quel bonheur ! quel sujet d'allégresse !
Chantons à jamais sa tendresse.
Un Dieu, naissant pour nous, nous sauve de la mort
C'est à l'amour qu'on doit cet heureux sort.

Le triste Adam nous fit part de son crime ;
Plongés dans l'horreur de l'abîme,
Nous avions beau gémir, languir et soupirer,
Un Dieu, lui seul, pouvait nous en tirer.

Du haut du ciel il a vu nos alarmes,
Il s'est attendri par nos larmes :
Ce Dieu, qui devait être un juge rigoureux,
Fait son bonheur de rendre l'homme heureux.

Hâtons nos pas, traversons cette plaine,
Volons où l'amour nous entraîne :
Bergers, répondez tous à mon empressement,
Peut-on trop tôt voir un Dieu si charmant ?

O Bethléem ! ô séjour plein de gloire !
Beau lieu consacré par l'histoire !

Tu brilles aujourd'hui sur tous les autres lieux ;
Un Dieu pour toi vient de quitter les cieux.

Jérusalem, par ton temple fameuse,
Fléchis, ne soit plus orgueilleuse ;
Si des rois de Juda tu mérites le choix,
Vois Bethléem porter le roi des rois.

Je l'aperçois, cet auguste village,
Allons signaler notre hommage,
Cherchons le Tout-Puissant entouré de drapeaux,
Cherchons un roi parmi les animaux.

Ah ! je le vois dans le fond d'une étable ;
Il est tout charmant, tout aimable,
L'amour qu'il a pour nous s'exprime dans ses yeux
Et tout m'apprend que c'est le roi des cieux.

Divin enfant que l'amour a fait naître,
Jésus, mon Sauveur et mon maître,
Souffrez que ces bergers, pour adorer leur roi,
A vos genoux se jettent avec moi.

Ce triste lieu, ces obscures retraites,
Ce foin, cette crèche où vous êtes,
Tout prêche aux orgueilleux que le ciel irrité
Ne se fléchit que par l'humilité.

C'est à l'orgueil que vous faites la guerre ;
Les rois les plus grands de la terre,
S'ils n'ont le doux bonheur d'embrasser vos genoux,
Ne valent pas des bergers comme nous.

De quoi leur sert la puissance suprême ?
Heureux qui vous sert, qui vous aime !
Les rois à leurs sujets font respecter leurs lois ;
Mais qui vous sert est au-dessus des rois.

Que l'univers à ses rois obéisse,
Que sous leur pouvoir tout fléchisse ;
Un cœur qui vous adore est plus ambitieux,
S'il veut régner, ce n'est que dans les cieux.

PELLEGRIN.

XVII. MÊME SUJET.

!Air : *Ah! que de jolies dames que l'on.*

Peuples catholiques,
Faites troupes et amas ;
Venez magnifiques,
Jamais n'aurez vu tel cas,
Dieu est fait homme mortel ;
Or, sus, chantons tous Noël.

Il a voulu naître
De sa fille de Juda.
Au premier de l'être,
Son Père nous l'accorda.
C'est un don perpétuel ;
Or, sus, chantons tous Noël.

Cette œuvre procréée
Est de la main du Facteur ;
Car la chose créée
A produit son Créateur,
Le puissant Dieu d'Israël ;
Or, sus, chantons tous Noël.

Cette colombelle,
Qui l'olive rapporta,
Est cette pucelle ;
C'est la Vierge qui porta

Le grand Dieu Emmanuel ;
Or, sus , chantons tous Noël.

Courons tous par bandes
Voir ce Dieu né, et couvert
De petites bandes,
Près le toit au découvert,
Exposé au froid cruel ;
Or, sus, chantons tous Noël.

Nous oyons des anges
Le chant divin, gracieux,
Qui donne louanges
A cet enfant précieux.
D'un cantique solennel,
Or, sus, chantons tous Noël.

Pasteurs, pastourelles,
Nous voulons quitter les champs,
Et, d'un train isnelle,
Allons gazouillant leurs chants
Pour voir le Fils éternel ;
Or, sus, chantons tous Noël.

Nous verrons les sages
Arriver par maints côtés,
Leurs gens et bagages
Au même lieu arrivés,
Adorant cet immortel ;
Or, sus, chantons tous Noël.

Nous verrons la crèche
Et l'enfant posé dedans,
Sur la paille fraîche,

Sujet à maints accidents,
Une pierre sous le chef ;
Or, sus, chantons tous Noël.

A genoux vers l'enfant
On y voit aussi Marie,
Qui toujours le prie
Que l'homme soit triomphant
Au règne sempiternel ;
Amen ; chantons tous Noël.

XVIII. MÊME SUJET.

Air : *Laissez paître vos bêtes, etc.*

CHOEUR DE BERGERS.

Allons, sans plus attendre,
Voir le Sauveur dans le berceau,
Hâtons-nous de nous rendre
Près d'un soleil nouveau.

UN BERGER SEUL.

Par quel présent puis-je en ce jour
Lui montrer quel est mon amour ?
Je lui dois un tendre retour ;
Pour signaler mon zèle,
Je viens d'écorcher un agneau,
Dans la saison cruelle
Il en aura la peau.

CHOEUR DE BERGERS.

Allons, sans plus attendre, etc.

UNE BERGÈRE SEULE.

La même ardeur doit m'enflammer ;
Cet enfant qui sait tout charmer ;

7

Me dit assez qu'il faut l'aimer ;
Sa mère est vierge pure,
Peut-être elle n'a point de lait,
Et pour sa nourriture
J'en porte un plein godet,

CHŒUR DE BERGERS.

Allons, sans plus attendre, etc.

UN SECOND BERGER.

Ah ! que n'est-il un peu plus grand !
Je porterais à cet enfant
Un bon fromage pour présent.
J'ai dans ma pannetière
Un pain mollet avec du fruit,
Pour faire chère entière
Le reste de la nuit.

CHŒUR DE BERGERS.

Allons, sans plus attendre, etc.

UN TROISIÈME BERGER.

Pour moi j'ai pris mon flageolet
Pour jouer quelque menuet.
Que dites-vous, ai-je bien fait ?
Avec ma symphonie
Peut-être je l'endormirai ;
S'il a quelqu'insomnie,
Je le divertirai.

CHŒUR DE BERGERS.

Allons, sans plus attendre, etc.

SECONDE BERGÈRE.

Ah ! pouvons-nous lui donner rien,
S'il est la source de tout bien,

Le nôtre n'est-il pas le sien ?
Mais il faut qu'on lui rende
Pour son amour la même ardeur,
Ainsi pour mon offrande,
Je lui porte mon cœur.

CHŒUR DE BERGERS.

Allons, sans plus attendre, etc.

TROISIÈME BERGÈRE.

Pour moi, voici mon sentiment :
Qui veut l'aimer parfaitement
Doit le servir uniquement.
Les bergers du village
Ne doivent plus songer à moi ;
Ce seul enfant m'engage
A lui donner ma foi.

CHŒUR DE BERGERS.

Allons, sans plus attendre, etc.

QUATRIÈME BERGÈRE.

Je n'aime rien que mon troupeau,
Mais cet enfant dans le berceau
Va me donner un soin nouveau.
Que par toute la plaine
Il erre à la merci des loups,
Je le quitte sans peine,
Pour un objet si doux.

CHŒUR DE BERGERS.

Allons, sans plus attendre, etc.

TOUS ENSEMBLE.

Que son amour nous rend heureux !
Ne brûlons jamais d'autres feux,

Rien ne peut mieux remplir nos vœux ;
  Sa divine tendresse
Nous doit également charmer ;
  Combattons donc sans cesse
A qui sait mieux l'aimer.

Allons, sans plus attendre, etc.

PELLEGRIN.

XIX. MÊME SUJET.

Air : *O reguingué, ô lon lan la.*

LE BERGER PIERROT.

J'entends un grand bruit dans les airs,
J'entends un grand bruit dans les airs.
Colin, écoute ces concerts ;
Tout retentit dans les déserts ;
Voyons quelle est cette merveille,
En fut-il jamais de pareille ?

COLIN.

Pierrot, je suis tout étonné, *bis.*
Au bruit je me suis réveillé,
Et mon esprit émerveillé
Non plus que vous ne peut comprendre
Ce que le ciel veut nous apprendre.

PIERROT.

Colin, au milieu de la nuit, *bis.*
Je vois le soleil qui reluit,
Il semble que tout reverdit :
Sachons ce que cela veut dire,
Quelqu'un pourra nous en instruire.

COLIN.

J'aperçois le berger Clément   *bis.*
Qui court avec empressement,
Dis-lui qu'il arrête un moment,
Il nous dira quelques nouvelles,
Il en sait toujours des plus belles.

PIERRE.

Clément, où courez-vous si fort,   *bis.*
Et qui vous cause ce transport ?
Dites-le-nous, votre rapport
Calmera notre inquiétude,
En nous tirant d'incertitude.

CLÉMENT.

Ne savez vous pas qu'en ces lieux *bis.*
Un ange est descendu des cieux,
Qui nous a dit d'un ton joyeux,
Écoutez-moi, troupe fidèle,
J'apporte une bonne nouvelle.

PIERROT.

Clément, nous n'avons rien appris, *bis.*
Un doux sommeil nous a surpris ;
Ainsi nous n'avons rien compris.
Le sujet de tant d'allégresse,
Dites-le-nous, rien ne vous presse.

CLÉMENT.

Cet ambassadeur ravissant   *bis.*
Nous a dit que le Tout-Puissant
Pour nous sauver s'est fait enfant,
Et qu'à la pauvreté des langes
On connaîtra ce roi des anges.

Enfin il nous a dit à tous :   *bis.*
Ce bel enfant est né pour vous.
Or sus, bergers, dépêchons-nous,
Ne différons pas davantage,
Allons de cœur lui rendre hommage.

De nos troupeaux laissons le soin   *bis.*
Pour aller voir dans le besoin
Notre Dieu couché sur du foin,
Sans lit, sans bois, sans couverture,
Au coin d'une vieille masure.

PIERROT,

Clément, puisque ce nouveau-né   *bis.*
Est comme un pauvre infortuné,
De tout le monde abandonné,
Et que sur la paille il repose,
Il faut lui donner quelque chose.

CLÉMENT

Adrien, ce jeune berger,   *bis.*
Porte des œufs dans un panier ;
Commère Jeanne un oreiller,
Des draps et une couverture,
Pour qu'il ne soit plus sur la dure.

Robin lui porte son manteau,   *bis.*
Et notre voisine un gâteau ;
Pour moi, j'ai pris un tendre agneau,
Le plus gras de ma bergerie,
Pour porter au fils de Marie.

Notre Catin toute de cœur   *bis.*
Nous suit, et porte avec honneur

Des fruits, du lait, un peu de fleur,
Car ce Dieu réduit à l'enfance
Manque de tout à sa naissance.

PIERROT.

Que ne puis-je aussi faire un don, *bis.*
Mais hélas ! je n'ai rien de bon
Pour présenter à ce poupon,
Qu'un peu de beurre et de fromage
Que produit mon petit ménage.

COLIN.

Pour moi je ne fais pas le fin,   *bis.*
Je suis pauvre et n'ai pour butin
Qu'un faix de bois que ce matin
J'ai serré dans le voisinage,
Il aura tout et sans partage.

CLÉMENT.

Ne vous apercevez vous pas   *bis.*
Qu'on est rendu ? doublons le pas,
Silence, causeur, parlez bas,
Peut-être que l'enfant sommeille,
Il ne faut pas qu'on le réveille.

PIERROT.

Qui de nous ira le premier ?   *bis.*
J'aperçois le grand Olivier ;
Ce bon vieillard sait son métier,
Il parlera mieux que nul autre,
C'est mon avis, est-ce le vôtre ?

CLÉMENT.

Sans doute ce sage vieillard,   *bis.*
Pourvu qu'il ne soit pas trop tard,

Dira le mieux, et de ma part
Je ne suis point un trouble-fête,
Je consens qu'il marche à la tête.

Maître Olivier, dépêchez vous,   *bis.*
Vous êtes député de tous,
Comme ayant plus d'esprit que nous,
Pour entretenir notre maître,
Au nom de la troupe champêtre.

OLIVIER.

Bergers, ce sera mon plaisir,   *bis.*
Je n'ai pas de plus grand désir
Que de contempler à loisir
Un Dieu qui, pour sauver les hommes,
S'est fait mortel comme nous sommes.

Chers amis, ne différons pas,   *bis.*
Ah ! je le vois entre les bras
D'une Vierge pleine d'appas,
Qui le chérit et le caresse
Avec une extrême tendresse.

PIERROT.

Je suis saisi d'étonnement,   *bis.*
Voyant l'étrange abaissement
Du souverain du firmament :
Olivier, entre au plus vîte,
Pénètre dans son pauvre gîte.

OLIVIER AU PIED DE LA CRÈCHE.

Nous voici, mon divin Sauveur,   *bis.*
Prosternés d'esprit et de cœur
Pour adorer votre grandeur ;

Recevez nos profonds hommages
Nous voulons tous être à vos gages.

Nous sommes de simples bergers   *bis.*
Que de célestes messagers
Ont fait quitter champs et vergers
Pour vous venir voir dans la crèche,
Couché sur de la paille sèche.

Seigneur, dans vos besoins pressants *bis.*
Recevez nos petits présents,
Et pour que nous soyons contents,
Daignez nous bénir, je vous prie,
Vous et l'adorable Marie.

XX. MÊME SUJET.

Air : *Des Tourelourirettes.*

As-tu cher, Léandre,
Ouï cette voix,
Que je viens d'entendre,
Qui remplit, tourelourirette,
Qui remplit, lanladerirette,
Nos champs et nos bois.

La nuit n'est encore
Qu'à son demi tour,
Et voilà l'aurore
Qui nous vient, tourelourirette,
Qui nous vient, lanladerirette,
Annoncer le jour.

Ce feu dans les nues
Ne luit pas en vain,

Ces voix inconnues
Sont l'effet, tourelourirette,
Sont l'effet, lanladerirette,
D'un ordre divin.

Allons reconnaître
Cette nouveauté,
Et voir d'où peut être
Ce grand bruit, tourelourirette.
Ce grand bruit, lanladerirette,
Et cette clarté.

Cessez d'être en peine,
Dieu nous fait faveur,
La nature humaine,
Cette nuit, tourelourirette,
Cette nuit, lanladerirette,
A vu son Sauveur.

O nuit plus aimable
Que le plus beau jour,
Nuit inestimable
Qui du ciel, tourelourirette,
Qui du ciel, lanladerirette,
Réveille l'amour.

Celui que les anges
Servent à genoux
Sous de pauvres langes
Se fait voir, tourelourirette,
Se fait voir, lanladerirette,
Humble parmi nous.

O nuit sans seconde !
Source de plaisirs,

Qui comble du monde
Tous les vœux, tourelourirette,
Tous les vœux, lanladerirette.
Et tous les désirs.

Bergers, qu'on s'assemble
Au signal donné,
Pour aller ensemble
Saluer, tourelourirette,
Saluer, lanladerirette,
Le roi nouveau né.

Portons nos offrandes,
Et chacun son don ;
Que toute la bande
Humblement, tourelourirette,
Humblement, lanladerirette,
Demande pardon.

Nous prierons Marie
Et Jésus son fils,
Qu'après cette vie
Nous allions, tourelourirette,
Nous allions, lanladerirette,
Tous en paradis.

———————

XXI. LES BERGERS VONT A L'ÉTABLE DE BETHLÉEM.

Air: *Où est-il, mon bel ami, allé? Reviendra-t-il encore?*

Où s'en vont ces gais bergers
Ensemble côte à côte ? —
Nous allons voir Jésus-Christ,
Né dedans une grotte.

Où est-il le petit nouyeau né ?
    Le verrons-nous encore ?

Nous allons voir Jésus-Christ,
    Né dedans une grotte :
Pour venir avecque nous,
    La Margot se décrotte ;
Où est-il..., etc.

Aussi fait la belle Alix
    Qui a troussé sa cotte,
De peur du mauvais chemin,
    Craignant qu'on ne la crotte.
Où est-il..., etc.

Jeanneton n'y veut venir,
    Elle fait de la sotte,
Disant qu'elle a mal au pied,
    Elle veut qu'on la porte.
Où est-il..., etc.

Robin en ayant pitié
    A apprêté sa hotte.
Jeanneton n'y veut entrer
    Voyant bien qu'on se moque.
Où est-il..., etc.

Aime mieux aller à pied
    Que de courir la poste.
Tant ont fait les bons bergers
    Qu'ils ont vu cette grotte.
Où est-il..., etc.

En l'étable où n'y avait
    Ni fenêtre ni porte,

Ils sont tous entrés dedans
    D'une âme très-dévote.
Où est-il..., etc.

    Là, ils ont vu le Sauveur
    Dessus la chevenotte,
Marie est auprès, pleurant,
    Joseph la réconforte.
Où est-il..., etc.

    L'âne et le bœuf aspirant,
    Chacun d'eux le réchauffe
Contre le grand froid cuisant,
    Lequel souffle de côte.
Où est-il..., etc.

    Les pasteurs s'agenouillant,
    Un chacun d'eux l'adore,
Puis s'en vont riant, dansant
    La courante et la volte.
Où est-il..., etc.

    Prions le doux Jésus-Christ
    Qu'enfin il nous conforte,
Et notre âme au dernier jour
    Dans les cieux il transporte.
Où est-il le petit nouveau né ?
    Le verrons-nous encore ?

8

XXII. MÊME SUJET.

Air : *Vous me l'avez dit, souvenez-vous-en.*

Allons voir Jésus naissant,
C'est le fils du Tout-Puissant,
Remplissons tous nos hameaux,
Du son des haut-bois et des chalumeaux
Remplissons tous nos hameaux,
De nos chants les plus nouveaux.

Que tout chante en ces bas lieux,
Comme on chante dans les cieux.
Tous les anges dans les airs,
Chantent gloire à Dieu, paix à l'univers ;
Tous les anges dans les airs,
Forment de charmants concerts.

Ça, bergers, ne tardez pas,
Accourez, suivez mes pas,
Venez tous en ce beau jour
Au plus grand des rois faire votre cour ;
Venez tous en ce beau jour
Pour répondre à son amour.

Laissons nos moutons épars
Bondissant de toutes parts,
Nous ne craignons plus les loups
Un nouveau pasteur veille ici pour nous ;
Nous ne craignons plus les loups,
Le ciel n'est plus en courroux.

Mais quand ces fiers animaux
Courraient tous sur nos troupeaux,
Pour un Dieu si plein d'appas

On compte pour rien les biens d'ici-bas ;
 Pour un Dieu si plein d'appas
 Que ne quitterait-on pas ?

 Auprès du souverain bien,
 Tout le reste n'est plus rien ;
 Un Dieu se donne aujourd'hui,
Pour tout autre bien soyons sans ennui ;
 Un Dieu se donne aujourd'hui,
 Nous avons tout avec lui.

 Le voici l'heureux séjour
 Où triomphe son amour ;
 Quelle ardeur vient m'enflammer !
Que de doux transports viennent me charmer !
 Quelle ardeur vient m'enflammer !
 Tout me dit qu'il faut l'aimer.

 Le voici ce doux Sauveur ;
 Cet objet ravit mon cœur,
 Qu'il est beau, qu'il est charmant !
Qu'il mérite bien notre empressement !
 Qu'il est beau, qu'il est charmant !
 Qu'il nous aime tendrement !

 Dans nos cœurs, divin enfant,
 Votre amour est triomphant ;
 Nos cœurs se donnent à vous
Et c'est le présent le plus cher de tous ;
 Nos cœurs se donnent à vous,
 C'est l'hommage le plus doux.

Pellegrin.

XXIII. MÊME SUJET.

Air: *De Pienne.*

Ainsi que parmi la prée
Diaprée,
Et près le cristal des eaux,
Une troupe vagabonde,
A la ronde,
Faisait paître ses agneaux ;

Et que déjà la nuit sombre
De son ombre
Avait obscurci les yeux,
Et d'une épaisse fumée
• Embrouillé
La transparence des cieux ;

Une lumière soudaine,
Par la plaine,
Vint étendre sa clarté,
Et, beaucoup plus que Diane
Diaphane,
Fit cesser l'obscurité.

La nuit semblait la journée
Eclairée
Du flambeau Titanien,
Et fut au travers de la nue
Entendue
La voix du Cillénien.

Levez-vous, troupe endormie
De Syrie,
Levez-vous tous à la fois :

Rompez, rompez la paresse,
    Qui vous presse,
Et venez ouïr ma voix.

  Voici l'heureuse nuitée,
    Désirée
De toute l'antiquité,
Où le céleste Messie
    Reçoit vie
Conjointe en l'humanité.

  Dans le flanc d'une pucelle
    Il recèle
Son immortel ornement,
Et sa lumière féconde.
    Vient du monde
Oter l'éblouissement.

  Allez, pasteurs, à cette heure,
    Sans demeure,
En Bethléem la cité ;
Allez, brigade champêtre,
    Reconnaître,
L'heure de sa nativité.

  Ainsi, déployant ses ailes
    Immortelles,
Dit le céleste courier ;
Et puis reprit sa volée
    Elancée
Par la campagne de l'air.

  Lors toute la troupe émue
    Se remue
Pour à son dire obéir ;

Ici le gaillard Tytire
Se retire,
Et fait son flageol ouïr.

Thyrse, avec sa pannetière,
En arrière
Etre trouvé ne veut pas ;
Ici Corydon s'avance,
Et devance
D'Alexis le petit pas.

Ici empoignant Damette
Sa houlette,
Et son chien garde-brebis,
Court après Alphésibée,
Mélibée,
Lacide, Ægon et Myris.

D'une légère secousse
A la course
L'un va l'autre aiguillonnant,
Et tous sous même conduite,
D'une suite,
Trouvent le céleste Enfant.

Dans une grange déserte,
Découverte,
Etait né le Fils de Dieu,
Et sa première venue
Fut connue
Au clos d'un si pauvre lieu.

Chacun de la compagnie
S'humilie,
Et se courbe devant lui ;

Chacun d'eux humble l'adore,
Et l'honore,
Et le caresse à l'envi.

Chacun de main pastorale,
Libérale,
Lui présente un don nouveau,
Chacun à la départie
Le supplie
D'avoir soin de son troupeau.

De retour emmi la prée
Est chantée,
En l'honneur de l'enfançon,
Par toute la troupe amie,
Réjouie,
Mainte gentille chanson.

XXIV. MÊME SUJET.

Air: *De Biribi, etc.*

On entend partout carillon
Sur les monts de Judée,
Annonçant du roi de Sion
En terre l'arrivée,
Que nous a produit, ce dit-on,
La Vierge mère du poupon,
Environ l'heure de minuit,
Benoni ;
Sans lui le monde aurait péri,
Cher ami.

Hâtons nous d'aller voir l'enfant,
Couché dans une grange,
Son petit corps de froid tremblant,
Sans drapeaux et sans langes.
Elle n'a pas le moindre haillon,
La Vierge mère du poupon,
Le bœuf et l'âne près de lui,
Benoni,
Du grand froid le mettent à l'abri,
Cher ami.

La femme du jeune Colas,
Georgette et Madeleine
Lui préparent linges et draps,
Une couverture de laine ;
Mais elle n'a pas de crousson,
La Vierge mère du poupon ;
Perrette lui en a fourni,
Benoni,
C'est pour endormir le petit,
Cher ami.

Attendant qu'il soit éveillé,
La bergère Fleurie
Lui prépare du lait caillé,
Margot de la bouillie ;
Puis lui donnera le téton
La Vierge mère du poupon.
Cet enfant sera bien nourri,
Benoni,
Nous voulons avoir soin de lui,
Cher ami.

Seigneur, à toutes vos bontés
Nous sommes redevables

D'être les premiers appelés
    A vous voir dans l'étable,
Nous venons avec dévotion,
O Vierge mère du poupon !
Et Joseph votre époux chéri,
    Benoni,
Soit toujours notre ferme appui,
    Cher ami.

XXV. MÊME SUJET.

Air: *Dessus le bord de la Seine,* ou: *O Dieu !
que n'étais-je en vie, etc.*

Sus, pastoureaux, par ensemble
Allons tous subitement,
Que pas un de nous ne tremble,
Car le roi du firmament,
Envoie son ange beau
A minuit sur nos pâtis,
Nous disant un chant nouveau,
Gloria in excelsis.

Je crois, Colin mon beau-frère,
Que cette nuit vraiment
J'ai vu une lumière
Qui éclairait grandement,
Suivie d'une douce voix,
Disant que dans Bethléem
Etait né le roi des rois
Tout pour notre sauvement.

Allons parmi les campagnes,
Courons par monts et par vaux,

Appeler tous nos compagnes,
Délaissant-là nos troupeaux ;
Appelons Blanche et Catin,
Et Guillot le beau diseur,
Pour aller à ce matin
Adorer notre Sauveur,

Colin, prends-donc ta musette,
Je prendrai mon chalumeau,
Jouant quelques chansonnettes
D'un air qui soit assez beau.
Portons quelque gras agneau,
Du pain, du beurre et du lait,
Puisque le fils du Très-Haut
Est né à notre souhait.

Il faut porter la bouteille,
Du fromage et des œufs,
Du vin, de l'eau plein nos seilles ;
Puis d'un cœur dévotieux
Nous mettrons à deux genoux
Pour adorer Jésus-Christ,
Le priant que nuit et jour
Nous ayons son Saint-Esprit.

Portons-lui des bandelettes,
Des langes et des drapeaux,
Des béguins et collerettes,
Des chemises et des bandeaux ;
Portons du bois et du feu
Pour cet enfant réchauffer,
Hâtons-nous et peu à peu
Du lieu tâchons d'approcher.

Etant entrés dans l'étable
Elue de ce grand Dieu,
Virent l'enfant vénérable,
Qui était-là au milieu
Couché sur un peu de foin,
Au gré des neiges et des vents,
Pour montrer qu'il avait soin
De nous dès le firmament,

Au plus grand de la froidure
Faut-il, ô souverain roi,
Que telle peine t'endures
Ici-bas pour nos méfaits!
Nous te venons adorer
Comme notre salvateur,
S'il te plaît nous écouter,
Nous te donnons notre cœur.

Ce présent n'est pas solvable
Cher trésor des humains,
Prends-le donc pour agréable
De tes pitoyables mains,
Te priant que les péchés
Qu'envers toi avons commis
Soient un jour effacés
Et en pardon soient remis,

Etant sortis de l'étable,
Discourons de cet enfant.
Dieu! que la Vierge est aimable;
Ses yeux sont si triomphants,
Que je ne saurais jouer
Nullement du chalumeau,

Tant mon cœur était voué
Envers ce visage beau.

Tu n'as donc pas vu, compère,
Entre l'âne et le bœuf,
Le maintien de ce vieux père
Qui faisait-là le honteux.
Jamais tel homme n'ai vu
Qui fisse mieux le courtois ;
Regarde qu'il n'a pas bu
Tant seulement une fois.

O douce Vierge Marie,
Mère de ce bon Jésus,
D'un bon cœur chacun vous prie
Qu'un jour nous puissions là-sus.
Adorer le roi des rois,
Le créateur des humains,
Vous remerciant cent fois
Du bien qui sort de vos mains.

Amen, Noël, Noël, Noël.

XXVI. MÊME SUJET.

Air: *Quitte ta houlette, bergère, disait Nannette,*
quitte ta houlette, etc.

Plusieurs du village
Ont vu ce divin gage,
Plusieurs du village
Ont vu ce nouveau né,
Tout adorable,
Et misérable,

Dans une étable
Abandonné,
Comme un mortel infortuné.

Il est dans la crèche
Sur de la paille fraîche ;
Il est dans la crèche,
Sans bois, sans lit, sans feu :
Une pucelle
Charmante et belle,
Tend la mamelle,
Dans ce saint lieu,
A ce bel enfant Homme-Dieu.

Portons lui des langes,
A ce beau roi des anges ;
Portons lui des langes,
Et quelques fins drapeaux.
Pour faire ensuite
Notre visite
Sortons bien vîte
De nos hameaux,
Les chiens garderont nos troupeaux.

XXVII. MÊME SUJET.

Air : *Un jour Guillot voyant Margot.*

Voisin, d'où venait ce grand bruit,
Qui m'a réveillé cette nuit,
Et tous ceux de mon voisinage ?
Vraiment j'étais bien en courroux
D'entendre par tout le village :
Sus, sus, bergers (*bis*), réveillez-vous,
Sus, sus, bergers, réveillez-vous.

Quoi donc, Colin, ne sais-tu pas
Que Dieu vient de naître ici bas,
Qu'il est logé dans une étable ?
Il n'a ni lange, ni drapeau,
Et dans cet état misérable,
On ne peut voir (*bis*) rien de plus beau,
On ne peut voir rien de plus beau. —

Qui t'a dit, voisin, qu'en ce lieu
Voudrait bien s'abaisser un Dieu,
Pour qui rien n'est trop magnifique ? —
Les anges nous l'ont fait savoir
Par cette charmante musique,
Qui s'entendit (*bis*) hier au soir,
Qui s'entendit hier au soir.

Plusieurs y sont déjà courus ;
Quelques uns en sont revenus,
Et disent que c'est le Messie,
Que c'est notre aimable Sauveur,
Qui selon notre prophétie
Nous doit causer (*bis*) tant de bonheur,
Nous doit causer tant de bonheur.

Allons donc, bergers, il est temps,
Allons lui porter nos présents,
Et lui faire la révérence ;
Voyez comme Jeannot y va,
Suivons-le tous en diligence,
Et nos troupeaux (*bis*), laissons-les là,
Et nos troupeaux laissons-les là

Charlot lui porte un agnelet,
Son petit-fils un pot de lait,

Et deux moineaux dans une cage ;
Robin lui porte du gâteau,
Pierrot lui porte du fromage,
Et le gros Jean *(bis)* un petit veau,
Et le gros Jean un petit veau.

Pour moi, puisque ce Dieu Sauveur
Doit un jour être aussi pasteur,
Je veux lui donner ma houlette,
Ma pannetière, aussi mon chien,
Mon flageolet et ma musette,
Et mon sifflet *(bis)*, s'il le veut bien,
Et mon sifflet, s'il le veut bien

Sans plus tarder, allons donc tous,
Allons saluer à genoux
Notre Seigneur et notre maître ;
Et dans cet admirable jour,
Où pour nous l'amour l'a fait naître,
Allons pour lui *(bis)* mourir d'amour,
Allons pour lui mourir d'amour.

Après avoir fait nos présents,
Avec de petits compliments,
Autour de lui tous en cadence,
Nous lui souhaiterons le bonsoir,
Et lui ferons la révérence ;
Adieu poupon *(bis)* jusqu'au revoir,
Adieu poupon jusqu'au revoir.

Ah ! Colin, ah ! que dis-tu là ?
Il ne faut pas faire cela,
J'aimerais mieux perdre la vie :
Soyons toujours en ce saint lieu,

Tenons lui toujours compagnie,
Et ne disons *(bis)* jamais adieu,
Et ne disons jamais adieu.

Et moi, je suis plutôt d'avis
De retirer ce petit fils
De l'étable en ma maisonnette,
Où j'ai préparé sur deux bancs
Un lit en forme de couchette,
Et des linceuls *(bis)* qui sont tout blancs,
Et des linceuls qui sont tout blancs.

Je vais faire donc de mon mieux
Pour le retirer de ces lieux,
Et Joseph avecque Marie ;
Quand ils seront tous trois chez moi,
Ma maison sera plus jolie
Que le palais *(bis)* du plus grand roi,
Que le palais du plus grand roi.

Dès aujourd'hui dans ce dessein,
Sans attendre jusqu'à demain,
Je veux quitter ma bergerie ;
Et j'abandonne mon troupeau,
Pour mieux garder toute ma vie
Dans ma maison *(bis)* ce seul Agneau,
Dans ma maison ce seul Agneau.

XXVIII. UN BERGER QUESTIONNE SON VOISIN SUR CE QU'IL A VU A BETHLÉEM.

Air: *Du Charbonnier.*

D'où viens-tu, mon berger,
La face si joyeuse ?
As-tu ouï rédiger

Quelque nouvelle heureuse ?
— Ah ! mon voisin, j'ai le cœur si joyeux
Qu'il ne pourrait pas être mieux. —

Qu'as-tu vu et ouï ?
Que dit-on par la voie
Qui t'a tant réjoui
Et tant rempli de joie ?
— C'est, mon voisin, que j'ai eu la faveur
De voir du monde le Sauveur. —

Ah ! quoi donc, il est né,
Ce désiré Messie,
Que Dieu a destiné
Pour nous sauver la vie ?
— Cela est vrai, crois-moi, n'en doute pas,
Je viens de le voir de ce pas. —

Si tu l'as vu vraiment,
Je n'en suis plus en doute ;
Mais conte-moi comment,
Afin que je t'écoute.
— Ah ! mon voisin, je ne te cèlerai rien,
Puisqu'il est né pour notre bien. —

Qui t'avait fait entrer
Du palais en la salle,
Pour tes yeux contenter
De sa grandeur royale ?
— Tout beau, voisin, il n'en va pas ainsi,
Car l'humilité marche ici. —

Comment l'humilité !
N'est-il pas roi suprême,
Plein de divinité,

Et le fils de Dieu même ?
— Il est bien vrai ; toutefois, ce grand Dieu
A voulu naître en pauvre lieu. —

Dis-moi donc en quel lieu
Ce seigneur et ce maitre,
Ce bon fils de Dieu,
A désiré de naître ?
— Dans Bethléem, en un lieu de mépris,
Est né ce Sauveur de grand prix. —

Mais qui t'a averti
De si bonnes nouvelles,
Et fait venir ici
Pour voir choses si belles ?
— Un ange saint, chantant toute la nuit,
M'y a fait aller dès minuit. —

C'est un docteur subtil,
Puisque c'est un saint ange ;
Mais comment te dit-il
Cette nouvelle étrange ?
— Allez, dit-il, le Fils de Dieu donné
En Bethléem pour vous est né. —

A l'instant tu partis
D'un marcher agréable,
Puis, qu'est-ce que tu vis
Dans ce lieu vénérable ?
— Je vis l'enfant que l'on nomme Jésus,
Qui vient pour nous sauver là-sus. —

Qui t'a rendu certain
Si c'est celui-là même
Qui doit le genre humain

Oter de peine extrême ?
— Ce sont les chants des anges réjouis
Qui dans ce saint lieu sont ouïs. —

Eh ! quoi disaient-ils,
Enfin je te demande,
En leurs discours gentils
Qui assuré te rendent ?
— Je te l'ai dit, ils chantent : Le Sauveur
En ce jour est né plein d'honneur. —

C'est trop t'interroger,
J'ai crainte de te nuire ;
Mais voudrais-tu, berger,
En ce lieu me conduire ?
— Je suis tout prêt, j'ai le plus grand désir
Que tu partages le plaisir. —

Allons voir ce roi doux
En grande réjouissance,
Et menons avec nous
Quelqu'un de connaissance ;
Je vais quérir ma femme et mes enfants,
Pour en être tous jouissants.

Béni soit le moment,
Quand de toi fis rencontre,
Car tu m'as fais vraiment
Jouir d'une bonne rencontre ;
Mais béni soit le jour à tout jamais
Auquel est né ce roi de paix.

XXIX. UN BERGER EN RÉVEILLE UN AUTRE POUR LUI ANNONCER LA NAISSANCE DE J.-C.

Air: *Ah ! Thomas, réveille-toi.*

Que n'as-tu vu ce que j'ai vu,
Ah ! berger, sommeilles-tu ?
Le vrai Fils de Dieu revêtu.
Berger, ah ! ah ! berger, sommeilles,
Sommeilles,
Ah ! berger, sommeilles-tu ?

Le vrai Fils de Dieu revêtu,
Ah ! berger, sommeilles-tu ?
D'un faible corps tremblant et nu.
Berger, ah ! ah ! berger, sommeilles,
Sommeilles,
Ah ! berger, sommeilles-tu ?

D'un faible corps tremblant et nu.
Ah ! berger, sommeilles-tu ?
Par lui Satan est confondu;
Berger, ah ! ah ! berger, sommeilles,
Sommeilles,
Ah ! berger, sommeilles-tu !

Par lui Satan est confondu,
Ah ! berger, sommeilles-tu ?
Il ne fera plus l'entendu.
Berger, ah ! ah ! berger, sommeilles,
Sommeilles,
Ah ! berger, sommeilles-tu ?

Il ne fera plus l'entendu,
Ah ! berger, sommeilles-tu ?
Depuis que l'homme est soutenu.
Berger, ah ! ah ! berger, sommeilles,

Sommeilles,
Ah! berger, sommeilles-tu?

Depuis que l'homme est soutenu,
Ah! berger, sommeilles-tu?
Par la grâce et par la vertu.
Berger, ah! ah! berger, sommeilles,
Sommeilles,
Ah! berger, sommeilles-tu?

Par la grâce et par la vertu;
Ah! berger, sommeilles-tu?
Sans cela tout était perdu.
Berger, ah! ah! berger, sommeilles,
Sommeilles,
Ah! berger, sommeilles-tu?

Sans cela tout était perdu;
Ah! berger, sommeilles-tu!
Ce mystère est assez connu.
Berger, ah! ah! berger, sommeilles,
Sommeilles,
Ah! berger, sommeilles-tu?

Ce mystère est assez connu;
Ah! berger, sommeilles-tu!
Viens le voir comme je l'ai vu.
Berger, ah! ah! berger, sommeilles,
Sommeilles,
Ah! berger, sommeilles-tu?

Viens le voir comme je l'ai vu,
Ah! berger, sommeilles-tu?
Et tu croiras ce que j'ai cru.
Berger, ah! ah! berger, sommeilles,
Sommeilles,
Ah! berger, sommeilles-tu?

XXX. DIALOGUE DE DEUX BERGÈRES.

Air: *Jeanneton, petite bocagère.*

PREMIÈRE BERGÈRE.

Il est beau,
Ce Fils de Dieu le Père,
Il est beau,
Cet enfant tout nouveau.
Ysabeau
Ta voisine, bergère,
Ysabeau
L'a vu dans son berceau.

Si tu veux,
Dès ce soir sur la brune,
Si tu veux,
Nous irons toutes deux ;
Mille feux,
Et le beau clair de lune,
Mille feux
Éclaireront nos yeux.

SECONDE BERGÈRE.

De bon cœur
Je le veux, chère amie,
De bon cœur
Je le veux, mais j'ai peur ;
J'ai douleur
De ma sotte mánie,
J'ai douleur
De ce faible malheur.

PREMIÈRE BERGÈRE.

Quoi ! tu crains,
Ô la vaine chimère !

Quoi ! tu crains,
Bergère, je te plains.
Les chemins
De bergers et bergères,
Les chemins,
De monde sont tout pleins.

Avec moi
Ne crains rien, je te prie,
Avec moi
Viens, bergère, et me crois ;
Un Dieu roi,
Qui vient en cette vie,
Un Dieu roi
Bannira ton effroi.

Pour sauver
Et ton âme et la mienne,
Pour sauver
Ce Dieu nous vient trouver :
Faut-il donc
Que cette peur te tienne,
Faut-il donc
Jusqu'à ce point rêver ?

SECONDE BERGÈRE.

C'en est fait,
J'ai vaincu cette crainte,
C'en est fait,
Je ferai ton souhait :
Contre moi
Ne fais donc plus de plainte,
Contre moi,
Si je vais avec toi.

XXXI. L'HUMBLE ET LA MONDAINE,

Air : *Je me levai par un matin devant le jour.*

L'HUMBLE.

Quoi ! ma voisine, es-tu fâchée ?
Dis-moi pourquoi ?
Veux-tu venir voir l'accouchée
Avecque moi ?
C'est une dame fort discrète,
Ce m'a-t-on dit,
Qui nous a produit le prophète
Souvent prédit.

LA MONDAINE.

Je le veux, allons, ma commère,
C'est mon désir,
Nous verrons l'enfant et la mère
Tout à loisir.
Aurons nous pas de la dragée
Et du gâteau ?
La salle est-elle bien rangée,
Y fait-il beau ?

L'HUMBLE.

Ah ! ma bergère, tu te trompes
Bien lourdement ;
Elle ne demande pas les pompes
Ni l'ornement ;
Dedans une chétive étable
Se veut ranger,
Où n'y a ni buffet ni table
Pour y manger.

Au moins est-elle bien coiffée
De fins réseaux,
Et sa couche est-elle étoffée
De beaux rideaux ?
Son ciel n'est-il pas de brodure
Tout campané,
N'a t-il pas aussi pour bordure
L'or basané ?

LʼHUMBLE.

Elle a pour sa plus belle couche,
Dedans ce lieu,
Le tronçon d'une vieille souche
Tout au milieu :
Le mur lui sert d'une custode,
Et pour son ciel,
Il est fait à la pauvre mode,
De chaume vieil.

LA MONDAINE.

Encor faut-il que l'accouchée
Ait un berceau,
Pour bercer, quand elle est couchée,
L'enfant nouveau :
N'a-t-elle pas garde et servante
Pour la servir ?
N'est-elle pas assez puissante
D'y subvenir ?

LʼHUMBLE.

L'enfant a pour berceau la crèche
Pour sommeiller,

9

Et une botte d'herbe sèche
    Pour oreiller ;
Elle a pour toute compagnie
    Son cher baron,
Elle a un bœuf pour sa mégnie
    Et un ânon.

LA MONDAINE.

Tu me dégoûtes, ma voisine,
    D'aller plus loin,
Pour voir une femme en gésine
    Dessus du foin.
Pour moi qui ne suis que bergère,
    Suis beaucoup mieux,
Que non pas cette ménagère
    Sous un toit vieux.

L'HUMBLE.

Ne parle pas ainsi, commère ;
    Mais par honneur
Crois-moi que c'est la chaste mère
    Du vrai Sauveur,
Qui veut ainsi humblement naître,
    Nous sauvant tous ;
Montrant que, bien qu'il soit le maître,
    Est humble et doux.

Exempte-nous, très-chère dame,
    De tout orgueil ;
Quand du corps partira notre âme,
    Fais-lui accueil,
La présentant, grande princesse,
    A ton cher fils,

Pour participer la liesse
   Du paradis.

P. Binard.

XXXII. LA CROYANTE ET L'INCRÉDULE.

Air : *La reine d'Angleterre.*

SIMONNE.

Allons, chère compagne,
Mettons-nous en campagne
Et redoublons nos pas,
Pour voir une merveille,
Qui n'eut onc sa pareille
Et qui ne l'aura pas.

URSULE.

Vraiment, chère Simonne,
Ma petite mignonne,
En humeur tu me mets,
Pour savoir la merveille,
Qui n'eut onc sa pareille
Et ne l'aura jamais.

SIMONNE.

C'est qu'une vierge sainte
Est devenue enceinte
En sa virginité ;
Puis elle est accouchée,
Sans qu'en rien soit tachée
Sa pure intégrité.

URSULE.

Ah ! que tu es mauvaise
De moquer à ton aise

Celle qui t'aime tant ;
Car c'est ou fable ou songe,
Ou quelqu'autre mensonge
Que tu me vas contant.

SIMONNE.

Tout beau, cousine Ursule,
Ne sois point incrédule
A ce que je te dis ;
Si fausse je suis trouvée,
Je veux être privée
D'entrer en paradis.

URSULE.

Toujours, chère germaine,
Je t'ai tenu certaine
En tes discours ; mais quoi !
Ma raison éblouie
D'une chose inouie
Me fait manquer de foi.

SIMONNE.

Bien, bien, tiens ma parole
Comme chose frivole,
Le temps te l'apprendra :
Car la sainte nouvelle
D'une telle pucelle
Tout partout s'épandra.

URSULE.

Je veux bien ores croire
Cette agréable histoire,
Sans aucun contredit ;
Puisqu'ainsi tu m'assures

Que c'est chose très-sûre,
Tout ce que tu m'as dit.

SIMONNE.

Ce n'est pas chose bonne
D'ouïr toute personne,
Et croire de léger ;
Car au siècle où nous sommes,
La plus grand'part des hommes
Ont l'esprit mensonger.

URSULE.

L'amour que je te porte
A la puissance forte
D'effacer ce soupçon,
Que tu m'aies abusée
Ou, finette, amusée
Parlant de la façon.

SIMONNE.

Pour joindre à ta croyance
Quelque ferme assurance,
Portons-nous sur le lieu,
Allons voir la pucelle,
Dont l'enfant sorti d'elle
L'on dit être homme et Dieu.

URSULE.

Je le veux, ma chère amie,
Déjà mon cœur s'enflamme
Bouillonne de désir
De voir cette merveille,
Qui n'eut onc sa pareille,
Pour nous donner plaisir.
Amen. Noël, Noël.

P. BINARD.

XXXIII. ALLÉGRESSE DES BERGERS.

Air: *Voici le jour solennel de Noël.*

CHŒUR DES PASTEURS.

Que ce jour est grand pour nous !
    Chantons tous,
Célébrons le roi des anges ;
    Qu'un concert harmonieux
    Porte aux cieux
Notre zèle et ses louanges !

Qu'il nous aime tendrement !
    Quel amant !
Quel bonheur ! un Dieu nous aime.
    Ne cherchons plus d'autre bien ;
    Il n'est rien
Du prix de ce bien suprême.

LA BERGÈRE ANNETTE.

Ah ! que ce divin amant
    Est charmant !
L'as tu-vu, berger Sylvandre ?
    Il avait les yeux sur nous,
    Qu'ils sont doux !
Tous les cœurs doivent s'y rendre.

LE BERGER SYLVANDRE.

Je l'ai vu ce divin roi,
    Comme toi.
Qu'il est beau, bergère Annette !
    Ah ! je lui donne en ce jour
    Mon amour,
Mes moutons et ma houlette.

LA BERGÈRE ANNETTE.

C'est le fils du roi des cieux,
En tous lieux
Son pouvoir se fait connaître.
Eh ! peux-tu lui donner rien ?
De quel bien
Ce grand Dieu n'est-il pas maître?

LE BERGER SYLVANDRE.

En lui portant nos présents,
Notre encens,
Nous donnons ce qu'il nous donne ;
Mais son amour est si grand
Qu'il nous rend
Pour ces biens une couronne.

LA BERGÈRE ANNETTE.

Si j'avais mille troupeaux
Des plus beaux,
Ils seraient pour son service.
Je ne puis donner qu'un cœur
Plein d'ardeur,
Qu'il le prenne en sacrifice.

LE CHŒUR.

Pour répondre à ses bienfaits,
Désormais
Redoublons notre tendresse ;
Commençons dès aujourd'hui ;
Que pour lui
Tous les cœurs brûlent sans cesse.

PELLEGRIN.

XXXIV. MÊME SUJET.

Air: *Où s'en vont ces gais bergers ensemble, etc.*

Ça, bergers, assemblons-nous,
Allons voir le Messie,
Cherchons cet enfant si doux
Dans les bras de Marie ;
Je l'entends, il nous appelle tous,
O sort digne d'envie ?

Laissons-là tout ce troupeau,
Qu'il erre à l'aventure,
Que sans nous sur ce côteau
Il cherche sa pâture.
Allons voir dans un petit berceau
L'auteur de la nature.

Que l'hiver par ses frimas
Ait endurci nos plaines,
S'il croit arrêter nos pas,
Cette croyance est vaine ;
Quand on cherche un bien rempli d'appas,
On ne craint point la peine.

Faisons retentir les airs
Du son de nos musettes ;
Accordons dans nos concerts
Timbales et trompettes ;
Célébrons le roi de l'univers,
Il est dans nos retraites.

Sa naissance, sur ces bords,
Ramène l'allégresse ;
Répondons par nos transports

A l'ardeur qui le presse,
Secondons par de nouveaux efforts
L'excès de sa tendresse.

Nous voici près du séjour
Qu'il a pris pour asile,
C'est ici que son amour
Nous fait un sort tranquille ;
Ce village vaut en ce grand jour
La plus superbe ville.

Qu'il est beau ! qu'il est charmant !
De quel éclat il brille !
Joseph passe vainement
Pour le chef de famille ;
Le vrai Père est dans le firmament,
La mère est une fille.

Sous la forme d'un mortel
C'est un Dieu qui se cache,
Du sein du Père Eternel
Son tendre amour l'arrache ;
En victime il se livre à l'autel,
C'est un agneau sans tache.

Dieu naissant, exauce-nous,
Dissipe nos alarmes,
Nous tombons à tes genoux,
Nous les baignons de larmes ;
Hâte-toi de nous donner à tous
La paix et tous ses charmes.

PELLEGRIN.

XXXV. MÊME SUJET.

Air : *Quittons, quittons notre fardeau, boutons-nous*
sous la treille.

Bergers, prenons nos chalumeaux,
Nos hautbois, nos musettes ;
Bannissons de nos retraites
Tambours et trompettes ;
Ce n'est que pour le repos
Que nos forêts sont faites.

Ce Dieu qui descend jusqu'à nous
N'est plus qu'un Dieu paisible.
Loin d'ici, guerre terrible,
Loin, clameur horrible !
Ce grand Dieu, plein de courroux,
A nos pleurs est sensible.

A peine descend-il des cieux
Que la guerre est éteinte,
On l'adore sans contrainte,
On le sert sans crainte ;
On n'entend plus en ces lieux
Ni soupir, ni de plainte.

Nous jouissons d'un si beau sort
Que l'enfer en murmure ;
On ne voit dans la nature
Que fleurs, que verdure ;
Contre les traits de la mort
Un enfant nous rassure.

Le crime sur le genre humain
N'eut que trop de puissance ;

Mais un Dieu, par sa naissance,
          Nous rend l'innocence :
Le démon frémit en vain,
          Nous bravons sa vengeance.

Tout gémissait dans le tombeau,
          Et tout vient de renaître ;
La mort vient de disparaître
          En voyant son maître ;
Son pouvoir dès le berceau
          Partout se fait connaître,

Les cieux, la terre et les enfers
          Sous sa grandeur fléchissent ;
Les anges se réjouissent,
          Les démons frémissent,
Les mortels sortant des fers
          A ses lois obéissent.

Qu'il est doux de suivre les lois
          D'un Dieu si débonnaire !
Ce n'est plus un Dieu sévère,
          Un Dieu de colère ;
Ce grand Dieu, ce roi des rois,
          N'est plus qu'un tendre père.

PELLEGRIN.

XXXVI. MÊME SUJET.

Air : *Venez, divin Messie.*

Laissez paître vos bêtes,
Pastoureaux, par monts et par vaux,
Laissez paître vos bêtes,
Et venez chanter Naul.

J'ai oui chanter le rossignol
Qui chantait un chant si nouveau,
Si haut, si beau
Si résonneau ;
Il me rompait la tête
Tant il prêchait et caquetait ;
Adonc pris ma houlette
Pour aller voir Nolet.
Laissez paître, etc...

Je m'enquis au berger Nolet :
As-tu oui le rossignolet,
Tant joliet,
Qui gringotait
Là-haut sur une épine ?
Ah ! oui, dit-il, je l'ai ouï,
J'en ai pris ma buccine,
Et m'en suis réjoui.
Laissez paître, etc...

Nous dîmes tous une chanson ;
Vinrent les autres tous au son.
Or, sus, dansons ;
Prends Alison,
Je prendrai Guillemette.
Margot, tu prendras gros Guillot ;
Qui prendra Péronette ?
Ce sera Talebot.
Laissez paître, etc...

Ne dansons plus, nous tardons trop,
Pensons d'aller tretous le trot.
Viens-tu, Margot ? —
Attends, Guillot.
J'ai rompu ma courette,

Il faut renouer mon sabot —
    Or ; tiens cette aiguillette,
    Elle servira trop.
    Laissez paître, etc...

    Comment, Guillot, ne viens tu pas ? —
Oui dà, j'y vais tout l'entrepas ;
        Tu n'entends pas
        Trop bien mon cas,
    J'ai aux talons la mule,
Par quoi je ne puis pas trotter,
    Je l'ai prise en froidure
    En allant estraquer. —
    Laissez paître, etc...

Marche devant, pauvre mulard,
Et t'appuie sur ton billard ;
        Et toi Coquart,
        Vieux loriquart.
    Tu dus avoir grand'honte
De rechigner ainsi les dents,
    Dûsses m'en tenir compte
    Au moins devant les gens.
    Laissez paître etc...

Nous courûmes de telle raideur,
Pour voir notre doux rédempteur,
        Et créateur
        Et formateur.
    Et ainsi (Dieu le sache)
De linceux avait grand besoin ;
    Il gisait dans la crèche,
    Sur un bouteau de foin.
    Eiassez paître, etc...

Nous avions un grand paquet
De vivres, pour faire un banquet,
Mais le mugue
De Jean Huguet
Avait sa lévrière
Qui mit le pot à découvert,
Ce fut la chambrière
Qui laissa l'huis ouvert.
Laissez paître, etc...

Pas ne laissâmes de gaudir,
Je lui donnai une brebis ;
Au petit fils,
Une mauvis
Lui donna Péronnette ;
Margot lui a donné du lait
Tout plein une écuellette
Couverte d'un voilet.
Laissez paître, etc...

Or, prions tous le roi des rois
Qu'il nous donne à tous bon Noël
Et bonne paix ;
De nos méfaits
Ne veuille avoir mémoire,
Ains nos péchés nous pardonner ;
A ceux du purgatoire
Leurs péchés effacer.
Laissez paître, etc...

XXXVII. MÊME SUJET.

Air : *Une jeune pucelle de noble cœur.*

Tout auprès du village
  Ou naît Jésus,
Des pasteurs de tout âge
  Se sont rendus,
Pour y garder leur chère bergerie :
  Le loup plein de furie
  Pourrait courir dessus.

Une clarté soudaine
  Frappe leurs yeux ;
Une voix plus qu'humaine
  Remplit les cieux,
C'est du Seigneur un messager fidèle,
  Qui leur dit pour nouvelle
  Qu'un Dieu naît en ces lieux.

Comme il voit leur surprise
  A ce récit ,
Sa bouche sans remise
  Les éclaircit :
Venez, dit-il, voir le maître des anges
  Enveloppé de langes,
  Une crèche est son lit.

A cette voix s'unissent
  Mille concerts,
Les bois en retentissent
  Comme les airs,
De purs esprits une troupe infinie,
  Chante avec harmonie
  Le Dieu de l'univers.

Les anges se retirent
Au firmament,
Et les pasteurs admirent
Profondément
Ce qu'ils ont vu, ce qu'ils viennent d'entendre ;
Ils ne peuvent comprendre
Ce grand événement.

Ils se disent ensuite :
Allons aux lieux,
Où l'ange nous invite
Du haut des cieux,
Dans Bethléem cherchons le roi de gloire ;
Nous n'en pouvons mieux croire
Qu'au rapport de nos yeux.

Ils trouvèrent une étable
Sur le chemin :
Le Sauveur adorable
Du genre humain,
Dans ce réduit ne faisait que de naître ;
Aux pieds de ce cher maître,
Ils tombent tous soudain.

Ils trouvent même chose
Que l'ange a dit,
Il n'est rien qui s'oppose
A son récit.
La vérité se montre sans nuage,
Et tout le voisinage
Enfin s'en éclaircit.

PELLEGRIN.

XXXVIII. GRANDEUR, ABAISSEMENT ET BONTÉ DE JÉSUS-CHRIST.

Air: *Où s'en vont ces gais bergers ensemble*
côte-à-côte.

Dans le calme de la nuit,
Un Dieu vient de paraître,
Le bel astre qui vous luit
Au monde vient de naître,
Allez tous, allez, bergers, sans bruit,
Allez le reconnaître.

Bien qu'un voile trop épais
Cache son divin être,
De la terre il est la paix,
Des cieux il est le maître ;
Allez tous, il est rempli d'attraits,
Allez le reconnaître.

Quelque faible qu'en ces lieux
Paraisse son enfance,
C'est lui qui remplit les cieux
Par sa grandeur immense ;
Allez tous, sans en croire vos yeux,
Adorer sa puissance.

Il vient, comme il l'a promis,
Vous tirer de l'esclavage ;
Vos plus cruels ennemis
En frémissent de rage ;
Allez tous, d'un cœur pur et soumis,
Lui rendre votre hommage.

Il a choisi pour palais
Les débris d'une étable,

Portant la peine et les traits
D'un esclave coupable :
Allez tous bénir ce Dieu de paix,
Qui vous devient semblable.

Une crèche est son berceau,
Son besoin est extrême ;
Mais il n'en est pas moins beau
Et moins digne qu'on l'aime :
Allez tous rendre à ce roi nouveau
Un hommage suprême.

Vous trouverez ce Sauveur
Enveloppé de langes ;
Offrez lui, pleins de ferveur
Vos vœux, vos louanges,
Admirant cette insigne faveur,
Qu'il n'a pas faite aux anges.

C'est le maître de la loi,
Tout puissant et tout sage ;
Le connaissant par la foi,
A travers ce nuage
Allez tous, à cet aimable roi
Donnez vos cœurs pour gage.

Il vous choisit en ce jour,
Sans bien et sans noblesse,
Pour les premiers de sa cour,
Malgré votre bassesse ;
Allez tous rendre à ce Dieu d'amour
Tendresse pour tendresse.

C'est le seigneur des seigneurs,
De tous les rois le maître,

Qui, comme chef des pasteurs,
Vient ici-bas paraître :
Allez par des nouveaux honneurs,
Allez le reconnaître.

Il vient ramener de loin
La brebis qui s'égare,
L'arrachant dans le besoin
Des dents du loup barbare :
Allez tous reconnaître avec soin
Une bonté si rare.

De votre divin auteur
La bonté toute pure
Se rend le libérateur
De l'humaine nature :
Allez tous bénir le créateur
Joint à la créature.

Allez donc, que tardez-vous ?
Allez, pleins d'innocence,
A ce roi de paix si doux,
Au jour de sa naissance,
Lui marquer, bergers, au nom de tous,
Votre reconnaissance.

Vous, chrétiens, qu'il a sauvés
D'une mort éternelle,
Changés désormais, suivez
Une route nouvelle :
Allez tous, allez où vous savez
Que sa voix vous appelle.

XXXIX. MÊME SUJET.

Air : *Vous qui vous moquez par vos ris.*

Où va ce peuple aujourd'hui,
Qui montre tant d'allégresse ?
O mon Dieu, comme il se presse !
Je veux aller avec lui,
Si je suis dans la tristesse
Il charmera mon ennui.

J'apprends qu'il va voir Jésus,
O la nouvelle agréable !
Il vient de naître en l'étable,
Mais si pauvre que rien plus.
Voyons cet enfant aimable
Sans qui nous serions perdus.

Hélas ! que froid est ce lieu
Je plains l'enfant et la mère,
Et le bon Joseph son père,
Que l'on remarque au milieu ;
C'est souffrir trop de misère,
Pour l'unique fils d'un Dieu.

Est-il parmi nous chrétien
Qui n'en soit touché dans l'âme?
Allons, d'un cœur tout de flamme,
Savourer un si grand bien.
Qui ne court à ce dictame
N'est pas capable de rien.

C'est un enfant qui guérit,
Par son heureuse venue,
Le maudit péché qui tue

Notre corps et notre esprit ;
Allons jouir de sa vue,
Dans ses langes il nous rit.

Il nous tend ses petits bras
Entre les bras de Marie ;
Il soupire, il pleure, il crie,
Quand nous n'en approchons pas.
Quelle bonté ! un Dieu nous prie,
Et nous fuyons ses appas.

COLLETET.

XL. MÊME SUJET.

Air : *Flon, flon, flon, larira, dondaine.*

Dans ce jour admirable,
Dieu s'arme tout de bon ;
Par son Fils adorable
Il détruit le démon.
Mon Dieu, que vous êtes aimable !
Mon Dieu que vous êtes bon !

Il n'est plus redoutable,
L'on ne craint plus son nom ;
L'enfer épouvantable
Renferme ce dragon.
Mon Dieu, etc.

Nous voyons sur le sable,
Dans la froide saison,
Ce Dieu tout misérable
Pour notre guérison.
Mon Dieu, etc.

Joseph, ce venérable,
Cet homme de raison,
Prend soin dans une étable
De ce petit poupon.
Mon Dieu, etc.

Pour témoin secourable,
Dans sa pauvre maison,
L'on voit le bœuf traitable
Aussi bien que l'ânon.
Mon Dieu, etc.

Ce fils incomparable
Nous fait à tous leçon ;
Il est bien raisonnable
De suivre ce patron.
Mon Dieu, etc.

XLI. MÊME SUJET.

Air : *Prends, ma Philis, prends ton verre.*

Cher enfant qui viens de naître,
Ah ! que ton amour est doux !
Tu peux nous punir en maître,
Et tu viens mourir pour nous.
En toi seul le monde espère,
C'est pour nous que de ton Père
Tu ressens tout le courroux.
Cher enfant qui viens de naître,
Ah ! que ton amour est doux,
Tu peux nous punir en maître,
Et tu viens mourir pour nous.

Ah ! que ta propre justice
Pour toi s'arme de rigueur !
Elle frappe un Dieu propice
Pour servir un Dieu vengeur.
Pour avoir trop de clémence,
Tu ressens trop de vengeance,
Ton amour punit ton cœur.
Ah ! que ta propre justice etc...

Il n'est point de créature.
Qui ne s'arme contre toi ;
On dirait que la nature
Méconnait son divin roi.
C'est ton Père qui l'anime
A punir de notre crime
L'auteur même de la loi.
Il n'est point de créature etc...

La saison la plus cruelle
T'asservit à ses frimas,
A son maître elle est rebelle,
Elle n'en fait plus de cas.
Contre le Sauveur du monde,
On entend le vent qui gronde,
Tout m'annonce le trépas.
La saison la plus cruelle etc...

Malgré ta toute-puissance,
Tu gémis dans un berceau,
Tu ne reçois la naissance
Que pour entrer au tombeau
Ah ! faut-il que la mort même
Contre son maître suprême

Usurpe un droit si nouveau !
Malgré ta toute-puissance, etc...

C'en est trop, Dieu tout aimable,
Nous devons à notre tour,
Puisque ton amour t'accable,
Expirer pour toi d'amour,
Fais que tes divines flammes
Brûlent, dévorent nos âmes,
Et s'augmentent chaque jour.
C'en est trop, Dieu tout aimable, etc.

PELLEGRIN.

XLII. MÊME SUJET.

Air : *Amans, aimez vos chaînes, vos soins et vos soupirs.*

Chrétiens, adieu nos chaînes,
Adieu nos déplaisirs ;
Un Dieu né dans les gênes
S'accorde à nos désirs,
Il finit nos alarmes,
Il n'a rien que des charmes ;
Mais pour un si grand bien
Joignons nos cœurs au sien.

Sans cet enfant aimable,
La vie est sans appas ;
Son pouvoir adorable
Nous sauve du trépas ;
Il finit nos alarmes,
Nos soupirs et nos charmes ;
Mais pour un si grand bien
Joignons nos cœurs au sien.

Il souffre ces traverses
Pour nous, en nous aimant,
Et ses peines diverses
Sont des pierres d'aimant.
Sa bonté sans seconde
Vient pour sauver le monde ;
Mais pour un si grand bien
Joignons nos cœurs au sien.

Sa grâce nous invite
A l'aimer constamment,
Pour avoir du mérite,
Aimons le tendrement ;
Il souffre, avec tendresse
Qu'un chacun le caresse :
Enfin pour tant de bien
Joignons nos cœurs au sien.

Pour aimer les Amintes
Et gagner leur amour,
L'on souffre mille atteintes,
L'on veille nuit et jour ;
Mais quand Jésus l'on aime,
Le plaisir est extrême ;
Et pour un si grand bien
Il joint nos cœurs au sien.

XLIII. MÊME SUJET.

Air : *Des pèlerins de Saint-Jacques.*

Voici le jour de la naissance
Du Fils de Dieu ;
En signe de réjouissance,
Dans ce saint lieu,

Chantons, d'un air mélodieux,
　　Quelque cantique
Qui plaise au monarque des cieux
　　Par sa douce musique.

　Ou plutôt faisons un voyage
　　Dévotement,
En Bethléem, ce lieu sauvage
　　Extrêmement,
Où Jésus notre rédempteur
　　Et notre maître,
Malgré l'hiver et sa rigueur,
　　Aujourd'hui voulut naître.

　Oh ! que cet étable est déserte !
　　Qu'il y fait froid !
De tous côtés elle est ouverte
　　Jusques au toit,
Elle n'est endroit par où le vent
　　N'entre, ne sorte ;
On n'y voit point de contrevent,
　　Non pas même de porte.

　Comment dans cette affreuse étable,
　　Dites un peu,
Pouvez-vous, monarque adorable,
　　Naître sans feu ?
Comment avec si peu de soin,
　　Grand roi des anges,
Vous laisse-t-on dessus du foin,
　　Trembler dedans vos langes ?

　Il faut bien, monarque suprême,
　　Que votre amour

Pour tous les hommes soit extrême
  En ce saint jour,
De souffrir pour nous en ce lieu,
  Malgré leur haine ;
Vous qui pouviez, en tant que Dieu,
  N'en point avoir la peine,

Pour moi je vous remercie,
  Mon bon Jésus ;
Et vous prierai toute ma vie
  Tant que rien plus ;
Que vous daigniez toucher mon cœur
  De tant de grâces,
Qu'il puisse toujours, mon Sauveur,
  Voler dessus vos traces ?

COLLETET.

XLIV. LEÇONS QUE NOUS DONNE J.-C. DANS SA CRÈCHE.

Air : *De ces chambrillons et servantes.*

Allons voir Jésus dans l'étable,
Il n'est point d'enfant plus adorable,   *bis.*
Tout le monde y va dans la contrée,
Aucun n'en défend la sainte entrée.

Nous l'adorons pour le grand maître,
Que pour roi du ciel on doit connaître ;   *bis.*
Quoiqu'il soit couché dessus la dure,
C'est pourtant l'auteur de la nature.

S'il voulait, hélas ! sa venue
Serait ici-bas bien plus connue,   *bis.*

Mais les travaux sont ses exercices,
Et la pauvreté fait ses délices.

C'est plaisir de voir cet oracle,
Qui dans son berceau prêche à miracle,   *bis.*
Car il nous apprend par sa bassesse
A faire un mépris de la richesse.

Regarde son train, ô profane !
Il a pour chevaux un bœuf, un âne,   *bis.*
Pour des courtisans, gens de village,
La paille et le foin pour tout ménage.

Qui dirait, voyant la misère
De Dieu, de Joseph et de sa mère,   *bis.*
Qu'il a fait de rien et la terre et l'onde,
Et qu'il est venu sauver le monde !

Cependant, pécheur, pécheresse,
Qui n'as pour lui ni cœur ni tendresse,   *bis.*
Tu dois ton salut, tu dois ta vie
A l'extrême amour de ce Messie.

Ne pouvait-il pas, misérable,
Te laisser toujours captif du diable ?   *bis.*
Il ne t'aurait point fait d'injustice,
Tu le méritais par ta malice.

Le premier péché de la pomme
Nous perdait avec le premier homme ;   *bis.*
Mais pour nous laver de notre crime,
Lui-même s'est fait une victime.

Suivons les bergers et leurs traces,
Jusqu'en Bethléem rendons-lui grâces ;   *bis.*
Son divin amour dans sa naissance
Nous oblige à la reconnaissance.

XLV. MÊME SUJET.

Air : *Tous les bourgeois de Châtres.*

Allons sans plus attendre
Auprès du nouveau né,
Il est aimable et tendre,
Un Dieu nous l'a donné.
Quel don plus précieux
Aurait-il pu nous faire ?
Tous les trésors de ces bas lieux,
Auprès de ces trésors des cieux,
Ont-ils de quoi nous plaire ?

Que produit la nature
Du prix de son auteur ?
Est-il de créature
Egale au créateur ?
Nous préférons pourtant
La nature à la grâce,
Le bien fragile au bien constant ;
Et notre cœur paraît content.
D'un faux éclat qui passe.

Dirai-je à cet avare
De venir voir Jésus,
Tandis qu'il se prépare
A compter ses écus ?
Son cœur ne perdra rien
Du soin qui le dévore ;
Son coffrefort est son vrai bien,
Plus idolâtre que chrétien
C'est tout ce qu'il ad ore.

Dirai-je même chose,
A cet ambitieux ?
Le rang qu'il se propose
Occupe trop ses yeux.
Ce n'est pas son séjour
Qu'une chétive étable;
En vain son Dieu par son amour
L'invite à venir à sa cour,
Son prince est préférable.

Irai-je plein de zèle
Arracher cet amant
Des pieds de cette belle
Qu'il aime uniquement ?
Il est trop enchanté
De ses cruelles peines ;
En vain un Dieu par sa bonté
Lui vient offrir la liberté,
Il aime mieux ses chaînes.

L'erreur est générale,
Je ne vois en tous lieux
Qu'une tiédeur fatale
Pour tous les biens des cieux.
Le monde est trop puissant,
Chacun lui rend les armes ;
Tandis que ce trésor naissant,
Cet homme Dieu, ce Verbe enfant
Etale en vain ses charmes.

XLVI. MÊME SUJET.

Air : *Tous les bourgeois de Châtres.*

Allons tous à la crèche
Entendre un beau sermon,
C'est le Seigneur qui prêche
Pour notre guérison ;
Nous avons tous besoin
D'un médecin si sage,
Mais le remède n'est pas loin,
Pourvu que nous prenions le soin
D'en faire un bon usage.

AUX ROIS.

Puissances de la terre,
Tombez à ses genoux ;
Il lance le tonnerre,
Il peut nous perdre tous.
De votre autorité
L'éclat va disparaître ;
Vous apprendrez l'humilité,
Vous laisserez votre fierté
Aux pieds de votre maître.

AUX PRÉLATS.

Puissances de l'Eglise,
Venez à votre tour ;
D'une âme plus soumise,
Faites-lui votre cour.
Auprès de son berceau,
Vous devez vous instruire ;
Pour bien veiller sur un troupeau,
Il faut, de ce pasteur nouveau,
Apprendre à le conduire.

AUX GENS DE QUALITÉ.

Vous de qui la naissance
Fait le mérite entier,
Voyant son indigence,
N'ayez plus l'air si fier.
Cherchez en ce recoin
Un Dieu dans la bassesse ;
Quoique le ciel en soit témoin,
Il cache sous un peu de foin
Son titre de noblesse.

AUX GENS DE JUSTICE.

Pour vous, gens de justice,
Apprenez par sa voix
Qu'il faut que tout fléchisse
Sous ses suprêmes lois.
Ne soyez pas si vains,
C'est le dernier refuge ;
Le sort du monde est dans ses mains ;
Si vous jugez tous les humains,
Il sera votre juge.

AUX RICHES.

Vous qui dans l'opulence
Passez des jours si beaux,
Qui tenez l'indigence
Pour le plus grand des maux,
Vous faites trop de cas
D'un vain éclat qui passe ;
Ce pauvre enfant vous dit tout bas
Que l'âme ne s'enrichit pas,
A moins d'avoir la grâce.

AUX MARCHANDS.

Et toi, marchand avide,
Tant en gros qu'en détail,
Pour un produit sordide
Toujours dans le travail,
Tu pourrais faire mieux,
Approche et considère
Que l'enfant qui naît en ces lieux
Est un marchand qui vend les cieux ;
O quel achat à faire !

AUX DAMES MONDAINES.

Pour vous, beautés coquettes,
De tout âge et tout rang,
Laissez sur vos toilettes
Et ce rouge et ce blanc,
De votre créateur
Vous détruisez l'image,
Par le secours d'un art trompeur,
Pourquoi de ce divin auteur
Réformez-vous l'ouvrage ?

Pour tous, tant que nous sommes,
Jésus prêche aujourd'hui ;
Il vient chercher les hommes,
Aucun ne vient à lui.
Nous marchons ici-bas
Dans une nuit profonde ;
Il vient pour y dresser nos pas,
Le monde ne le connaît pas.
Peut-on aimer ce monde ?

PELLEGRIN.

XLVII. REPENTIR DES PÉCHEURS A LA NAISSANCE DE N.-S. J.-C.

Air : *Voisin, d'où venait ce grand bruit, etc.*

Peuples chrétiens, ouvrez les yeux
A cette merveille des cieux ;
Votre Dieu descend sur la terre ;
S'il abandonne son palais,
Ce n'est pas pour faire la guerre.
Mais pour donner (*bis*) à tous la paix,
Mais pour donner à tous la paix.

Celui qui fit le firmament
Devient en ce monde un enfant,
Qui ne perd rien de son essence ;
Il ne cesse d'être divin.
Pour nous quelle reconnaissance !
Il vient sauver (*bis*) le genre humain.
Il vient sauver le genre humain.

Joyeux de ce jour fortuné,
Visitons tous le nouveau-né ;
Avec un repentir sincère
Détestons les péchés commis ;
En lui disant notre misère
Nous deviendrons (*bis*) ses bons amis,
Nous deviendrons ses bons amis.

Celui-ci lui dira, Seigneur,
En parlant excusez la peur
Que me cause votre présence ;
Je n'ai pratiqué votre loi
Qu'avec beaucoup de répugnance,
Et j'ai vécu (*bis*) presque sans foi,
Et j'ai vécu presque sans foi.

Cet autre s'écriera : mon Dieu,
Je me présente en ce saint lieu
Pour implorer votre clémence ;
Je n'ai jamais su secourir
Le pauvre dans son indigence ;
Dans l'or j'ai mis (*bis*) tout mon plaisir,
Dans l'or j'ai mis tout mon plaisir.

L'ivrogne, si souvent prêché,
Lui confessera son péché
Avec une douleur extrême ;
Le traître et le voluptueux,
Sans hésiter, feront de même ;
Et le gourmand (*bis*) et l'orgueilleux,
Et le gourmand et l'orgueilleux.

Enfin, quel qu'il soit, tout pécheur
Trouvera dans son bon Sauveur
Un médecin très-charitable ;
Faisons donc serment aujourd'hui
De l'aller voir dans son étable
Et de n'aimer (*bis*) jamais que lui,
Et de n'aimer jamais que lui.

XLVIII. MÊME SUJET.

Air : *Charmante Gabrielle.*

Bel enfant que j'adore,
Qui veux naître pour moi,
C'est toi seul que j'implore,
Je veux n'aimer que toi ;
C'est ma plus chère envie,
Dans ce beau jour,

Où je ne dois la vie
   Qu'à ton amour.

Du fond de cette crèche
Où tu te laisses voir,
Ton amour ne me prêche
Qu'un si tendre devoir.
C'est ma etc.

C'est pour sauver mon âme
Que tu descends des cieux,
De ta divine flamme
Que je brûle en ces lieux !
C'est ma etc.

Du monde qui me presse
Je ne suis plus charmé,
Je veux t'aimer sans cesse,
Comme tu m'as aimé.
C'est ma etc.

Je m'attache à te suivre,
Toi seul peut m'attendrir,
Pour toi seul je veux vivre,
Pour toi je veux mourir.
C'est ma etc.

Ton nom de ma mémoire
Ne sortira jamais;
Je chanterai ta gloire
Et tes divins bienfaits.
C'est ma etc.

Sorti de l'esclavage
Ou j'ai longtemps été,
Je te veux en hommage
Offrir ma liberté,
C'est ma etc.   PELLEGRIN.

Troisième Partie.

NOELS POUR LE TEMPS DES ROIS,
JUSQU'A LA CHANDELEUR,

I. APRÈS LES BERGERS, LES ROIS MAGES
VONT A BETHLÉEM.

Air : *Jesu, redemptor omnium.*

A la venue de Noël
Chacun se doit bien réjouir,
Car c'est un testament nouvel
Que tout le monde doit tenir.

Quand par son orgueil Lucifer
Dedans l'abîme trébucha,
Nous allions tous dedans l'enfer,
Le Fils de Dieu nous racheta.

En une Vierge se nombra,
Dedans son corps voulut gésir ;
La nuit de Noël enfanta
Sans peine et sans douleur souffrir.

A celle heure que Dieu fut né,
L'ange l'alla dire aux pasteux,
Lesquels se mirent à chanter
Un chant qui était gracieux.

Après un bien petit de temps
rois rois le vinrent adorer

11

Apportèrent myrrhe et encens,
Et or, qui est moult à louer.

Une étoile les conduisait,
Qui venait de vers l'orient,
Qui a l'un et l'autre montrait
Le chemin droit en Bethléem.

Nous devons bien certainement
La voie et le chemin tenir
Car elle nous montre vraiment,
Où Notre-Dame doit gésir.

Là virent le doux Jésus-Christ
Et la Vierge qui l'enfanta,
Celui qui tout le monde fit,
Et les pécheurs ressuscita.

A Dieu se vinrent présenter
Et, quand ce fut au retourner,
Hérode les fit pourchasser
Trois jours, et trois nuits sans cesser.

Bien a paru qu'il nous aima,
Quand à la Croix pour nous fut mis ;
Dieu le Père qui tout créa
Nous donne à la fin Paradis !

Je ne me saurais plus tenir
Que je ne chante à ce Noël
Quand je vois mon Sauveur venir :
Noël, Noël, Noël, Noël.

II. MÊME SUJET.

Air : *Au jardin de mon père, etc.*

Chantons de voix hautaine,
En joie et tous débats,
Pour la nature humaine,
Remise en tous états.
O bonté souveraine !
Ne nous oubliez pas.

Qu'un chacun se souvienne
Qu'elle fut mise en bas,
En prison souterraine,
Pour un mauvais repas.
O bonté etc.

Le serpent par sa haine,
Lui dressa tel appas,
La coulpe fut soudaine,
Cause de grands débats.
O bonté etc.

Dieu pour l'ôter de peine,
Et rompre tous ses lacs,
Du céleste domaine
Lui vient tendre les bras.
O bonté etc.

Il prend donc chair humaine,
Il choisit en ce cas
Une vierge d'ancienne
Race du Messias.
O bonté etc.

Gabriel pour enseigne
Lui dit : tu concevras
Un fils, chose certaine,
Que Jésus nommeras.
O bonté etc.

Bien agile et bien saine
Neuf mois le porteras ;
Et sans aide mondaine,
Vierge l'enfanteras.
O bonté etc.

Au bout de la neuvaine,
O vierge, tu nous as
Produit la primevere,
Source de tous soulas.
O bonté etc.

La joie s'en demène
Grande de toutes parts,
Les bergers de la plaine
Accourent à grands pas.
O bonté, etc.

De terre aussi lointaine
Survinrent à grand tas
Trois rois pour faire étrenne
Au vrai roi de Juda.
O bonté etc.

Prions de bonne veine
Le Seigneur des sabbats
Qu'au lieu il nous ramène,
A l'heure du trépas.
O bonté souveraine,
Ne nous oubliez pas.

III. MÊME SUJET.

Air : *Joseph est bien marié.*

Joseph est bien marié,   } *bis.*
A la fille de Jessé.
C'était chose bien nouvelle,
Que d'être mère et pucelle,
Dieu y avait opéré :
Joseph est bien marié.

Et quand ce vint au premier } *bis*
Que Dieu nous voulut sauver,
Il fit en terre descendre
Son cher fils Jésus, pour prendre
En Marie humanité.
Joseph est bien marié.

Quand Joseph eût aperçu } *bis*
Que Marie avait conçu,
Il lui dit : ma douce amie,
Certes digne ne suis mie
D'être à vous appareillé.
Joseph est bien marié.

Mais Gabriel lui a dit : } *bis.*
Joseph, tu es en crédit,
Car ton épouse Marie
Est grosse du fruit de vie,
Des prophètes publié.
Joseph est bien marié.

Change donc ton pensement } *bis.*
Et approche hardiment ;
Par divine providence

Tu es, durant son enfance,
A le servir dédié.
Joseph est bien marié.

A Noël, sur la minuit, } *bis.*
La Vierge enfanta le Christ,
Sans lit, traversin ni couche ;
De ce lieu elle ne bouge,
Où son âne était lié.
Joseph est bien marié.

Les anges y sont venus } *bis.*
Voir le rédempteur Jésus,
Par très-grande compagnie,
Puis à haute voix jolie,
Gloria ils ont chanté.
Joseph est bien marié.

Les pasteurs ont entendu } *bis.*
Que le Sauveur est venu ;
Ont laissé leurs brebiettes,
Et chantant sur leurs musettes
Disent que tout est sauvé.
Joseph est bien marié.

Les trois rois pareillement } *bis.*
Lui ont fait noble présent
D'or, d'encens, aussi de myrrhe ;
La mère ce fait admire
Comme du ciel envoyé.
Joseph est bien marié.

Or, prions dévotement } *bis.*
De bon cœur très-humblement,

Que paix joie et bonne vie,
Impètre Dame Marie
A notre nécessité.
Joseph est bien marié.

IV. MÊME SUJET.

Air : *De la boulangère etc.*

Voici la venue de Noël, ⎞ *bis.*
La venue du Messie, ⎠
Qui par son Testament nouvel
Tous nos cœurs purifie,
La, la,
Tous nos cœurs purifie.

Il est né dedans Bethléem, ⎞ *bis.*
Ce beau fils de Marie, ⎠
Exposé au froid et au vent,
Pour nous donner la vie,
La, la,
Pour nous donner la vie.

Sa naissance est dedans les pleurs, ⎞ *bis.*
Les soupirs et les larmes, ⎠
Sa vie dans les sueurs et douleurs,
Sa mort dans mille alarmes,
La, la,
Sa mort dans mille alarmes.

Il vient souffrir tous ces travaux, ⎞ *bis.*
Ces rigueurs et ces peines, ⎠
Pour nous tirer de tous les maux,

Où nous tenaient nos chaînes,
La, la,
Où nous tenaient nos chaînes.

Allons voir ce Verbe éternel, } *bis.*
Gisant dessus la paille,
Qui pour nous s'est rendu mortel,
Dans une pauvre étable,
La, la,
Dans une pauvre étable,

Visitons cet Emmanuël, } *bis.*
Courons-y bande à bande :
A ce saint jour si solennel,
Portons-lui des offrandes,
La, la
Portons-lui des offrandes.

L'ange qui l'annonce aux pasteurs } *bis.*
Tous les hommes y convie,
Pour aller présenter leur cœurs
A l'auteur de la vie,
La, la,
A l'auteur de la vie.

Les bergères et pastoureaux, } *bis.*
En grande mélodie
Abandonnent tous leurs troupeaux
Pour voir le doux Messie,
La, la,
Pour voir le doux Messie.

Pour de Marie réjouir l'enfant } *bis.*
Entonnent leurs musettes,

A ce petit Dieu triomphant
Disent leurs chansonnettes,
    La, la,
Disent leurs chansonnettes.

L'un lui donne des agnelets, } *bis.*
L'autre du beau fruitage ;
Ceux-ci donnent un plein pot de lait,
En lui rendant hommage,
    La, la,
En lui rendant hommage.

Trois roi d'étrange région, } *bis.*
Guidés par une étoile,
Viennent apporter des beaux dons.
Au fils de la pucelle,
    La, la,
Au fils de la pucelle.

L'un de l'or fin pour son présent. } *bis.*
Fait l'offre à ce beau sire,
Et l'autre donne de l'encens,
Le troisième la myrrhe,
    La, la,
Le troisième la myrrhe.

Suivons ces pasteurs et ces rois, } *bis.*
Pour voir le roi des anges,
Tant de nos cœurs que de nos voix,
Résonnons ses louanges,
    La, la,
Résonnons ses louanges.

V. MÊME SUJET.

Air : *O ermite, saint ermite, etc.*

Saints prophètes, saints prophètes,
Le deuil nous est défendu,
Car les choses sont parfaites
Qu'avez longtemps attendu.
Pour paix acquerre,
Jésus-Christ est descendu
Au temps dû,
Du ciel en terre.

L'Écriture est accomplie
De tout le vieil testament,
La verge de Jessé fleurie
Nous a donné sauvement ;
Car de Marie
A minuit est né l'enfant
Triomphant,
Qui nous rend la vie.

Cinq mille ans et davantage
Nature a beaucoup souffert;
Mais, pour l'ôter de servage,
Dieu nous a son corps offert ;
Par sa clémence
Ore est détruit Lucifer,
Et l'enfer,
A sa naissance.

D'une vierge pure et nette
Est né le grand roi des cieux,
Dedans une maisonnette,
Découverte en plusieurs lieux,

Sans feu ni flambe,
N'avait habits précieux
Qu'un linceux
Et pauvre lange.

Les pasteurs de la Judée
Ont su cet événement,
Sont venus voir l'accouchée
Dans la crèche pauvrement,
Dolente et vaine,
L'âne et le bœuf échauffant
Son enfant
De leur haleine.

Guillemin se montra sage,
Car il ôta son chapeau,
Et dit maint menu suffrage,
Adorant le roi nouveau.
Roch ne fut chiche,
A l'enfant donna un morceau
De gâteau
Et une miche.

Trois rois d'étrange contrée,
Que l'étoile conduisait,
Ont fait gracieuse entrée
Où le roi nouveau gisait
En grande souffrance ;
Et la mère l'adorait
Et priait
Par révérence.

Prions tous la digne mère,
Et son enfant gracieux,

Qu'en nous péché point n'opère,
Mais soyons victorieux
Sur toute offense,
Si que puissions avoir lieu
Es-saints cieux
Par pénitence.

VI. MÊME SUJET.

Air : *Il fait bon aimer, etc.*

Il fait bon aimer,
Loyaument servir
La vierge Marie,
Et Jésus son fils.

Marie, Marie,
Les gens vont disant
Que vous êtes grosse
D'un petit enfant ;
Mais je crois que certes
C'est de Jésus-Christ,
Car tous les prophètes
L'ont ainsi écrit.
Il fait bon aimer, etc...

Ah ! bénite Dame,
Bienheureux sera.
Qui de corps et d'âme
Vous obéira
Et vous servira
De bon appétit ;
Bien faut qu'on réclame

Votre enfant petit.
Il fait bon aimer, etc.

Vous fûtes heureuse
Du salut nouvel,
Vierge glorieuse,
Que fit Gabriel ;
Or, chantons Noël
Tous en grand désir ;
O mère pieuse,
Prenez-y plaisir.
Il fait bon aimer, etc...

O Vierge tant belle,
Vous avez produit
Demeurant pucelle
Un très-noble fruit :
Le monde est en bruit
Et s'en réjouit,
Car telle nouvelle
Jamais on n'ouït.
Il fait bon aimer, etc.

A cette naissance
Vinrent pastoureaux
En obéissance
Offrir leurs agneaux ;
Les mages royaux
Y vinrent aussi
Offrir leur chevance
A votre merci.
Il fait bon aimer, etc.

Anges et archanges
Descendent des cieux

12

Pour rendre louanges
Au roi précieux,
Si très-gracieux
Qu'à la mort s'est mis
Pour les maux étranges
Qu'avons tous commis.
Il fait bon aimer, etc.

VII. NOEL EN LANGAGE GASCON.

Air : *Laissez paître vos bêtes.*

Rebeillats-bous, mainado,
Canten Nadau alègromen
Lou hillet de Mario
Nous balda saubemen.

En Bethléem, novle citat,
Lou von Jauseph s'en ès anat,
L'emperadou l'abet mandat
    Que menassei Mario
Qu'ero grosso d'un vel gouyat ;
    Mas en touto la billo
      Noun an lougis troubat.
Rebeillats-bous, etc...

En l'estavle de Bardouillet
Marie agut un vel hillet,
Tant vel, tant doux, tant rousselet ;
    Jou ai pau d'uno causo
Que si Jauseph lou von hommet
    Noun capere l'estavlo,
      Y mourira de fret.
Rebeillats-bous, etc...

Anen bezé aquet enfan,
De notre biebre li pourtan ;
Mas bé nou cal garda deu can.
    Quan seran à l'estavlo
Force ribanes li donran,
    Lou hillet de Mario
    S'en sadoulera plan.
Rebeillats-bous, etc...

Lous hillet y bolent ana,
Un flageol li bolent donna
Per li enseigna di dansa ;
    Heps cridèrent biaforo :
Aqui ès lou can qui bous mordra
    Qu'ès alprès de la porto
    Per bous garda d'entra.
Rebeillats-bous, etc...

Atau se son abenturats,
De gros tricots se son armats
Et porton lous esclops ferrats.
    Fasebon gran tempesto
Quan passabon par lou peïrat,
    Lou can qu'ero à la porto
    De pau s'en ès anat.
Rebeillats-bous, etc...

En l'estavle s'en son entrats :
Donno Mario, comme estas ?
Bostre marit est tout barbat.
    Prenez de notre micque
Bostro hillet n'a pas dînat,
    Et dans notre varrique
    D'aquet von bin muscat
Rebeillats-bous, etc...

L'aze se vouta à canta,
Et lou vœuf se vouta à dansa,
A gambada et à sauta ;
   Aco ero gran causo
De regarda lou vœuf dansa,
    Encaro d'escouta l'aso
    Que tant belle bous a.
Rebeillats-bous, etc...

  Jou li donnei mon maribot
Péirot li det son mandillot
Fallot li det son pas d'esclops,
   De lait à pleno sancho
Li det à veure Gaussemot,
    Perrin li det sa fleûto
    Et Michau son cagnot.
Rebeillats-bous, etc...

  Trais novles rois l'an bisitat
De bets escus li an pourtat
Dedins un coffre plan barrat.
   Lou hillet de Mario
A espiat par tous costas,
    Mas a troubat un hommo
    Qui l'a espoubentat.
Rebeillats-bous, etc...

  Ça, dit Marie a son gouyat,
Hé ! Diou mon hil, qu'as-tu troubat ?
Si fort tu t'es espoubentat ? —
   Jouai abisat un hommo
Qu'ero negré comme un taupat ;
    Quan jouai bu son bisageo
    Tout lou corps m'a tremblat.
Rebeillats-bous, etc...

O mon hil, non te cal douta,
Lou More te boul adora,
Mas que tu lou beilles vaisa ;
   Labats-li donc la caro
Que jou le posco regarda,
    Jou lou vaiseré aro
    Tant vel bisageo a.
Rebeillats-bous, etc...

Adiou, Mario et Jauseph,
Nourrissez plan bostré hillet,
Garda lou plan qu'il n'aigue fret.
   Garda lou plan de l'aso
Que ne li donne un cop de pé ;
    Mas bé seré gran causo
    Si l'ou vœuf lou mordé.
Rebeillats-bous, etc...

Or pregan tous aquet hillet
Qu'ès tant vel, et tant rousselet,
Tant doux et tant graciouset,
   Que, pouscan hé gran festo,
Et cánta Nau pour l'amour det
    Et veure à pleno testo
    D'aquet von bin claret.
Rebeillats-bous, etc...

VIII. LES MAGES EXAMINENT L'ÉTOILE.

Air : *Mais pourtant un ministre, etc.*

BALTHAZARD.

Qui vous émeut, ô princes,
De quitter vos pays,
De laisser vos provinces,

A demi-ébahis ?
Avez-vous quelqu'augure
D'une chose future,
Qui vous met en émoi,
Aussi bien comme moi ?

GASPARD.

Pour moi dans ma contrée,
Et de jour et de nuit,
S'est vue et rencontrée
Une étoile qui luit,
Qui biaisant sa course,
Ne va point comme l'ourse,
Qui fait voir à nos yeux
Qu'elle n'est dans les cieux.

MELCHIOR.

Aussi l'ai-je aperçue,
Comme vous l'avez dit,
Et si bien dans ma vue
Son rayon s'épandit
Que, sans nuage ou voile,
J'avise en cette étoile,
A l'endroit plus luisant,
La forme d'un enfant.

BALTHASARD.

C'est bien chose assurée,
Dont je ne doute point,
Qu'en la voûte azurée
Ce corps-ci n'est pas joint ;
Et ce qui me confirme
Que son lieu est infime,

C'est son corps, sa grandeur,
Et sa claire splendeur.

GASPARD.

Si plus bas que la lune
Posée était aussi,
L'ombre la rendrait brune
Et son corps obscurci,
Quand le soleil qui tourne
Sous l'horizon séjourne ;
Or l'ombre n'y va pas,
Donc elle n'est si bas.

MELCHIOR.

Ainsi que sa carrière
Ne procède des cieux,
Elle n'a sa lumière
Du soleil radieux ;
Portant en soi l'empreinte
Cette lumière sainte,
Sans qu'un autre flambeau
Rende son clair plus beau.

BALTHASARD.

Cette étoile nouvelle
Ne nous peut présager
Que chose bonne et belle,
Qui nous peut soulager ;
Ce n'est une comète,
Qui du mal nous promette ;
Car cet astre d'honneur
Annonce tout bonheur.

GASPARD.

Faut que je vous rédige,
En bien peu de de discours,
Tout ce que ce prodige
Nous présage en son cours.
Quelque grand est à naître,
Ou il est né peut être,
Mais à ce que je vois
C'est quelque très-grand roi.

MELCHIOR.

N'est-ce point la planète
Que nous avait prédit
Balaam le prophète,
Quand il présage et dit,
En sûre prophétie,
Que, quand le grand Messie
En ce monde naîtrait,
Un astre paraîtrait ?

BALTHASARD.

La chose est très-certaine,
C'est l'étoile vraiment.
Nous voilà hors de peine
Par votre enseignement ;
Et me vient une idée,
Que c'est en la Judée,
Parmi le peuple Hébreu,
Que doit naître ce Dieu.

GASPARD.

L'étoile nompareille
Qui chemine par l'air,

Pour voir cette merveille,
Semble nous appeler ;
Donc, princes débonnaires,
Prenons nos dromadaires,
Et courons vîtement
Voir cet événement.

MELCHIOR.

Déjà tressaille mon âme
Et d'aise et de plaisir,
Et mon esprit s'enflamme
D'un bouillonnant désir :
Prenons donc bon courage,
Pour faire ce voyage,
Montons sur nos chameaux
Les plus légers et beaux.

BALTHASARD.

Nous le voulons, mon prince,
Mais il faut aviser
Qu'en lointaine province
L'argent est à priser ;
Portons donc bonne bourse
Pour faire notre course,
Et quelque beau présent,
Qui au roi soit plaisant.

GASPARD.

Pour mon regard, mon sire,
J'ai l'encens parfumeux ;
Vous avez de la myrrhe
En vos champs plantureux,
Faisons-en un hommage

A ce haut personnage,
Et vous, grand Melchior,
Vous offrirez votre or.

MELCHIOR.

Sus donc en dilligence ;
Car ne voyez vous pas
Que l'étoile en cadence
Nous mesure nos pas ?
Courons à toute bride,
Ce grand flambeau nous guide
Et encor conduira
Tout juste où il faudra.

BALTHASARD.

Il faut courir bien vîte
Pour suivre ce flambeau,
Et pour suivre à la piste
Ce guide tout nouveau :
Voyez comme il se traîne
Et que droit il nous mène
Par les plus beaux sentiers
Qui soient en ces quartiers.

GASPARD.

Oh ! oh ! troupe gentille,
L'astre nous a quittés.
C'est donc ici la ville
Où est la majesté.
Je crois que l'on l'appelle
Jérusalem la belle,
Demandons bien et beau
Où est ce roi nouveau.

MELCHIOR.

Finie est la journée,
Tenons nous à requoi ;
Demain la matinée
Nous parlerons au roi,
Et en ferons demande
A sa majesté grande ;
Mais, pour si peu de jour,
Faisons ici séjour.
Noël, Noël, Noël.

IX. VOYAGE DES TROIS ROIS.

Air : *Quand ce beau printemps je vois.*

Voici le jour solennel
  De Noël,
Il faut que chacun s'apprête
Pour, en joyeuses chansons,
  A hauts sons,
Célébrer la sainte fête.

Le Fils de Dieu étant né,
  Destiné
Pour sauver l'humain lignage,
Trois rois sont partis de loin,
  Avec soin
Pour lui faire hommage.

Ils partirent d'Orient
  En riant ;
Avecque leur compagnie

Le sont venus adorer,
   révérer,
En menant joyeuse vie.

  L'étoile les a conduits,
   Jour et nuit,
Jusqu'au pays de Judée,
Où, étant donc parvenus
   Et venus,
La ville ils ont demandée.

  L'astre qui les conduisait
   Et guidait
S'évanouit de leur vue,
Dont ils furent bien troublés,
   Etonnés
De l'avoir sitôt perdue.

  Donc en pensant être au lieu
   Là où Dieu
Devait prendre sa naissance,
Ils s'en sont partout enquis,
   Ont requis
Leur en donner connaissance.

  Dites-nous, les bons seigneurs
   Les docteurs,
N'est-ce pas en cette ville
Qu'est né des Juifs le grand roi,
   Sans arroi,
D'une pucelle gentille ?

  Longtemps a qu'avons connu
   Et prévu
Son étoile en notre terre,

Qui nous a toujours guidés
　　　Et menés
Jusqu'en ce lieu sans enquerre.

Hérode ayant su ce bruit,
　　　Il s'enfuit
Droit jusqu'en la synagogue
Des Juifs, en leur demandant
　　　Où l'enfant
Etait né selon leur code.

Lors les docteurs lui ont dit
　　　Et prédit
Que selon la prophétie
Bethléem était le lieu
　　　Où ce Dieu
Viendrait nous rendre la vie.

Le tyran, oyant ceci,
　　　Dit ainsi
Aux rois par ruse et cautèle :
Allez et le lieu trouvez,
　　　Si pouvez,
Puis m'en apportez nouvelle.

Etant revenus vers moi,
　　　Sans émoi,
Avec vous j'irai sans feinte
Adorer ce roi nouveau
　　　Au berceau
Sans force et nulle contrainte.

Mais le traître malheureux,
　　　Envieux,
Avait bien autre pensée,

Comme il montra par exprès
Tôt après
Aux enfants de la contrée.

Les trois rois étant partis
Et sortis
De Jérusalem la belle,
Sont heureux ensemblement
Grandement
Apercevant leur étoile.

Elle ne les laissa plus
Au surplus
Qu'ils ne fussent en l'étable,
En Bethléem ou l'enfant
Triomphant
Tenait son pauvre habitacle.

Nonobstant, ne laissant pas
De ce pas
De lui faire révérence,
L'adorent tous d'un accord
Sans discord
Comme portait sa puissance.

Ils ont offert leurs présents,
De l'encens,
Myrrhe, or en bonne monnoie ;
Puis, par l'ange détournés,
Retournés
S'en sont par une autre voie.

X. MÊME SUJET.

Air : *Si vous voulez que je vous aime.*

Quel prodige ! quelle merveille !
Que veut dire ce tableau brillant ?
C'est une étoile sans pareille,
Trois rois l'ont vue en Orient.

Rois mages, l'astre vous convie,
Etant appelés à la foi,
D'aller adorer le Messie,
Vous vivrez heureux sous sa loi.

Ils marchent en très-bel équipage,
Visitent Hérode et sa cour,
Qui leur tient ce rusé langage :
J'irai l'adorer à mon tour.

La joie de ces rois fut extrême
En entrant dans ce pauvre lieu ;
Ils posèrent leur diadème
Aux pieds de leur maître et leur Dieu.

Humblement prosternés en terre
Lui offrent de riches présents,
En qui l'on voit un grand mystère
Par l'or, la myrrhe et par l'encens.

Ils firent leur humble prière
A Jésus, Marie et Joseph ;
L'étoile marchant la première,
Ils sortirent de Nazareth.

Ils laissent le palais d'Hérode,
Cet esprit brouillon et malin,
Par une voie plus commode
Ils prennent un autre chemin.

XI. MÊME SUJET.

Air : *Or nous dites, Marie.*

L'objet de nos hommages
Étant à Bethléem
Attire trois rois mages
Jusqu'à Jérusalem.
Des rives de l'aurore,
Ils viennent en ce lieu
Mais sans savoir encore,
Où peut être leur Dieu.

Dans la céleste sphère
Un nouvel astre luit ;
Cet astre les éclaire
Pendant la sombre nuit ;
D'une ardeur sans égale,
Ils se rendent enfin
Jusqu'à la capitale
Des villes du Jourdain.

Hérode en cette ville
Est né pour commander ;
Son cœur n'est pas tranquille,
Quand on vient demander
En quel séjour habite
Des Juifs le nouveau roi ;

Sa bouche est interdite,
Son front pâlit d'effroi.

Ce roi cruel assemble
Et prêtres et docteurs,
Pour voir ce qu'il leur semble
De ces trois imposteurs.
Dès qu'il les voit paroître
Il leur dit : mes amis,
En quel séjour doit naître
Le Christ, ce roi promis ?

D'abord de l'Écriture
La sainte autorité,
De cette nuit obscure
Tirant la vérité,
Le Docteur et le Prêtre
Y lisent tour à tour
Que Bethléem doit être
Ce fortuné séjour.

Hérode plein de crainte
Ayant mandé ces rois,
A recours à la feinte,
Et leur dit à tous trois :
Ce roi qui vous appelle
A Bethléem est né,
Dans ses décrets fidèle
Le ciel nous l'a donné.

Partez, allez lui rendre
Un respect si bien dû,
Mais revenez m'apprendre
Ce que vous aurez vu ;

Et quoiqu'il en puisse être
Ne me le cachez pas,
Pour adorer mon Maître
Je veux suivre vos pas.

Ces trois rois sans ombrage,
Ne lui refusant rien,
Poursuivirent leur voyage
Après cet entretien.
L'étoile disparue
Se montre de nouveau,
Et brillant à leur vue
Leur tient lieu de flambeau.

Mais, ô preuve admirable
De leur zèle éclatant !
Sur une pauvre étable
Cet astre s'arrêtant,
Charmés d'un tel augure,
Ils entrent dans ce lieu,
Et leur foi vive et pure
Y cherche un Homme-Dieu.

Dans les bras de Marie
Ils y trouvent Jésus.
Que leur âme est ravie
Et leurs sens éperdus !
A ses pieds ils se jettent,
Et pour premiers présens
Tour à tour ils y mettent
L'or, la myrrhe et l'encens.

Lorsque chacun se plonge
Dans un profond repos,
Un ange vient en songe

Leur dire en peu de mots
Que par une autre route
Il faut quitter ces lieux.
Leur foi sans aucun doute
Remplit l'ordre des cieux.

PELLEGRIN.

XII. MÊME SUJET.

Air : *De notre cabane chassons le souci.*

Trois illustres mages
Dont l'illustre front
Fait connaitre ce qu'ils sont
Rendent leurs hommages
Au roi sans second.

Faut-il d'autres marques
De votre grandeur?
A vos pieds, divin Sauveur,
Voilà trois monarques
Qui vous font honneur.

Ils ont ces trois mages
Un savoir profond,
Mais votre grandeur confond
L'esprit des plus sages,
Tout savants qu'ils sont.

Ils pouvaient apprendre
Votre dignité
Et votre divinité,
Sans pouvoir comprendre
Son immensité.

Tous trois sacrifient
A vos saintes lois
Et vous comme roi des rois
Ils vous glorifient
D'une même voix.

XIII. CRAINTES D'HÉRODE.

Air: *Des quatrains de Pibrac.*

LE ROI MAGE.

Roi, qui fûtes toujours prudent et sage,
Dont on vante la gloire et les hauts faits,
Roi généreux, chéri par vos bienfaits,
Dans vos états donnez-nous le passage.

HÉRODE.

Ce que vous me demandez est trop juste,
Je ne veux point qu'on retarde vos pas ;
Mais pourquoi donc visiter nos climats
Avec cet ordre et ce cortège auguste ?

LE ROI MAGE.

Dans ses faveurs le Seigneur est immense.
Nous avons su par un astre brillant
Que son Fils ici vient de naître enfant,
Et nous allons adorer sa naissance.

HÉRODE.

Il ne se peut pas faire que ce prince
Soit né sur mes terres, si près de moi,
Qui ne souffrirai jamais d'autre roi ;
Cherchez-le donc dans une autre province.

LE ROI MAGE.

En ce lieu seul, et non pas dans un autre,
On a vu son étoile s'arrêter ;
Nous pouvons nous représenter
Que son trône est indépendant du vôtre.

HÉRODE.

Amis, ce n'est qu'une étoile ordinaire,
Car on ne m'a point appris qu'en ces lieux
On ait rien vu de nouveau dans les cieux ;
Votre astre n'est qu'un astre imaginaire.

LE ROI MAGE.

Ceci, grand roi, ne paraît pas possible.
Nous le savons, ce fait prodigieux,
Vous l'ignorez, arrive sous vos yeux.
Dieu, dans ses dons, est incompréhensible,

HÉRODE.

Je le veux bien, supposons ce miracle,
Que vous sert-il d'aller voir un enfant
Qui, chez moi, ne peut pas être puissant ?
À mon pouvoir qui pourrait mettre obstacle ?

LE ROI MAGE.

Son royaume n'est pas en cette terre,
Il méprise les grandeurs d'ici-bas ;
Pour lui la paix a de charmants appas ;
Il ne vient point pour vous faire la guerre.

HÉRODE.

Vous me direz l'endroit de sa naissance,
Sans y manquer, repassez par ici ;

Car, après tout, je pourrai bien aussi
Le voir et lui faire la révérence.

LE ROI MAGE.

Ce roi des rois, pour acquitter nos dettes,
A tout faste donnant l'exclusion,
Sera né dans l'humiliation,
Suivant les écrits de tous les prophètes.

HÉRODE.

Je ne vous retiendrai pas davantage ;
Si pour vous trois c'est un jour fortuné
De rendre vos devoirs au nouveau-né,
Partez, je vous souhaite un bon voyage.

LE ROI MAGE.

Prince, comptez toujours sur notre zèle,
Nous allons visiter cet Enfant-Dieu,
Et bientôt nous reviendrons en ce lieu
De ce roi vous rendre un compte fidèle.

XIV. FUITE EN ÉGYPTE.

SAINT JOSEPH.

Air : *Des compliments du roi d'Espagne*
à Mademoiselle.

Fuyons, ma chaste épouse,
Un tyran plein de feu,
Dans sa fureur jalouse,
En veut au Fils de Dieu.
Un messager céleste
Est venu m'avertir

Que de ce lieu funeste
Je vous fasse partir.

Ce messager agile
M'a fait savoir aussi
Que l'Egypte est l'asile
Que Dieu nous a choisi;
Sa sainte providence
Conservera son Fils
Contre la violence
De ses fiers ennemis.

LA SAINTE VIERGE.

Air : *Que devant vous tout s'abaisse et tout tremble.*

Mon cher enfant, délice de ma vie,
En commençant à respirer le jour,
Vous commencez à donner de l'envie,
Et bien que roi de la céleste cour,
    Un prince inique
    Et tyrannique
Vous fait cacher dans un autre séjour.

SAINT JOSEPH.

Évitons sa poursuite,
Allons, ne tardons plus,
Suivons dans cette fuite
Notre divin Jésus.
Voyez, ô Vierge sage !
Pour nous assurer mieux,
Le superbe assemblage
Des habitants des cieux.

LA SAINTE VIERGE.

Mon chaste époux, nous n'avons plus à craindre
Rassurons-nous, par ces divins esprits,
Que le tyran ne saurait nous atteindre,
Confus, troublé de nos justes mépris ;
   Bien qu'il s'irrite
   Et se dépite.
Le Fils de Dieu ne saurait être pris.

SAINT JOSEPH.

Les idoles dressées
Par de profanes mains
Sont ici renversées
Par des efforts divins.
Cet enfant fait connaître
A qui veut l'accabler
Qu'il est partout le maître
Puisqu'il fait tout trembler.

XV. MASSACRE DES INNOCENTS.

Air : *Tristes bocages.*

Voici la rage,
Et le sanglant carnage
D'Hérode roi,
Homme sans nulle foi.
Voulant l'impie
Tuer le fruit de vie,
Fit poignarder
Les enfants sans tarder.

Dans la Judée,
Et toute la contrée,
Ce cruel roi
Dans ce temps de Noël,
Fit d'assurance
Mourir sans révérence
Tous les enfants
Au-dessous de deux ans.

Ce sanguinaire,
Perfide et téméraire,
Dit aux tyrans :
Égorgez les enfants ;
Sans nulle grâce,
Tuez-les sur la place,
C'est mon désir,
Allez tôt l'accomplir.

Tous d'une bande
S'en vont où on les mande,
Martyrisant
Quatorze mille enfants ;
Versant sur terre,
Quelle rude guerre !
Le juste sang
Des pauvres innocents.

Les pauvres mères
Voyant ces Juifs sévères,
S'en vont pleurant,
Avec gémissements,
Criant sans cesse :
Grand Dieu, quelle tristesse !
Divin Sauveur,
Soyez-nous protecteur.

Vrai sanguinaire !
Jésus très-débonnaire,
Des innocents
Vengera les tourments ;
Mais sa colère
Sera pour toi sévère,
Et tes bourreaux
En souffriront les maux.

Chrétiens affables,
Suivons ces rois aimables,
Qui sont venus
Reconnaître Jésus,
Pour dans la gloire
Célébrer sa mémoire,
Dedans le ciel.
Chantons Noël, Noël.

XVI. MÊME SUJET.

Air : *Passerons-nous sans amour un si beau jour?*

Hérode, tu as grand tort,
De mettre à mort   *bis.*
Tant de petits enfants.
Apaise ta colère,
Et sois plus débonnaire
Envers ces innocents.

Sais-tu bien que c'est en vain
Que ton dessein   *bis.*
Est contre le Seigneur?
Car il a pris la fuite
Au royaume d'Egypte,
Crainte de ta fureur.

Ce n'est pas que cet enfant
    Soit pas puissant,   *bis.*
Car, étant souverain,
Il peut mettre par terre
Toi et tes gens de guerre,
D'un seul coup de sa main.

Le temps qu'il a résolu
    N'est pas venu :   *bis.*
Il a l'intention
De prêcher l'Evangile,
Par les champs et les villes,
Avant sa passion.

Ce Dieu venu ici-bas
    Ne prétend pas   *bis.*
Ravir ton temporel,
Non plus que ta couronne,
Puisque c'est lui qui donne
Le royaume éternel.

Hérode tout transporté
    De cruauté   *bis.*
Commanda à ses gens,
Pour assouvir sa rage,
De faire carnage
Des petits innocents.

On ne voit de toutes parts
    Que des soldards,   *bis.*
Plus cruels que bourreaux,
Tuer contre nature
De jeunes créatures,
Jusque dans leurs berceaux.

On n'entend que des clameurs,
  Ce n'est que pleurs.   *bis.*
Ah ! mon cœur est transi
De voir tant de misères
Et tant de pauvres mères
Dedans un tel ennui.

  Sans secours et sans soulas,
   Disaient : hélas !   *bis.*
Faut-il voir nos enfants
Mettre à la boucherie,
Par une tyrannie
D'un homme si méchant !

  O spectacle plein d'horreur,
   Plein de terreur !   *bis.*
Ce n'est partout que sang ;
Dans toutes ces contrées,
Les mères désolées,
Déplorent leurs enfants.

  Ah ! femmes, c'est trop pleurer,
   Trop lamenter ;   *bis.*
Vos enfants sont heureux
De servir de prémice
Au premier sacrifice
Qu'on fait au roi des cieux.

  S'ils sont morts cruellement
   Par les tourments,   *bis.*
Ce Seigneur a dessein,
Par une mort amère,
Sur le mont du Calvaire,
Sauver le genre humain.

Puisque ce céleste roi
Est mort pour moi,   *bis.*
Ah! que n'ai-je l'honneur
De consacrer ma vie
Pour Jésus et Marie,
Mon unique bonheur.

Dans ce saint temps de Noël,
L'Emmanuel   *bis.*
Prions humblement
Jésus le roi de gloire
Qu'il ait de nous mémoire
Dedans son firmament.

XVII. POUR LES FÊTES DE FAMILLE, QUI SE FONT
LE JOUR DES ROIS.

Grâce soit rendue
A Dieu de la-sus
De la bienvenue
De son fils Jésus,
Qui naquit de Vierge
Sans corruption,
Pour notre décharge
Souffrit passion.
Alleluia, alleluia,
Kyrie, Christe,
Kyrie, eleïson,

Adam notre père
Nous mit en danger
De la pomme chère

Qu'il voulut manger ;
Il nous mit en voie
De damnation,
Et Dieu nous envoie
A salvation.
Alleluia, etc...

Dieu donne la vie
A notre bon roi,
Le garde d'envie
Et mortel déroi,
Lui donne victoire
Sur ses ennemis,
A la fin la gloire
De son paradis.
Alleluia, etc...

Lui étant fidèles
Nous conservera,
Et toutes querelles
Il apaisera,
Rendant la justice
Aux petits et grands,
Punissant le vice
Nous rendra contents.
Alleluia, etc...

Grâces nous faut rendre
Aux trois rois aussi
Qui, de lieu étrange,
Noël accompli,
Sont venus par bande
Voir le doux Jésus

Pour lui faire offrande
Et humble salut.
Alleluia, etc...

Nous ferons prière
Généralement
Pour père et pour mère,
Frères, sœurs, parents,
Pour toutes les âmes
Qui sont en prison,
Que Dieu par sa grâce
Leur fasse pardon.
Alleluia, etc...

Grâce aussi faut rendre
Au Sauveur Jésus,
Qui de sa viande
Nous a tous repus ;
Pain, vin, et fruitage,
Du bon feu aussi,
Pour lui rendre hommage
Crions-lui merci.
Alleluia, etc...

Voisins et voisines,
Bien venus soyez,
Pour chacun chopine,
Ne vous enfuyez ;
Car suivant les traces
De nos pères vieux,
Faut boire après grâces
Pour être joyeux.
Alleluia, etc...

Quoique l'on s'en aille
De cette maison,
Qu'un chacun ne faille
Avecque raison
De verser à boire
Encore un bon doigt,
Puis que l'on s'envoise
Et la paix nous soit !
Alleluia, etc...

XVIII. MÊME SUJET.

Air: *Bedindin, bedindon*.

Or voilà Noël passé,
Grâces à Dieu
Et à la Vierge Marie !
Voici le temps compassé
Que dans ce lieu
Faut mener joyeuse vie,
Et chanter tantirelitonfa,
Pour chasser la mélancolie.
Commencer
Je veux pour m'ôter d'émoi :
Le roi boit, le roi boit,
Le roi boit ! je le vois,
Crions donc : le roi boit !

Du terme de la maison
Qu'il faut payer
Notre hôte aura patience.
S'il nous fait contre raison
Exécuter

Ce ne sera pas science.
Quelque jour, tantirelitonfa,
Nous lui baillerons finance
Sans séjour ;
Je paye quand j'ai de quoi.
Le roi boit, etc...

Dieu nous donne à ce souper
Un gentil roi,
Joyeux et de bonne grâce,
Gardons-nous de l'offenser,
Ni le fâcher,
Que ne perdions notre place,
Mais plutôt, tantirelitonfa,
Buvons à lui pleine tasse.
Sus donc tôt ;
Je vais boire quant à moi.
Le roi boit, etc...

Holoferne ce méchant,
Fier et cruel,
Lorsqu'il assiégeait Béthulie,
But du vin tant et rebut,
En un banquet,
Qu'il lui en coûta la vie
Par Judith, tantirelitonfa ;
Mais moi je n'ai pas envie
De mourir ;
Je boirai quand j'aurai soif.
Le roi boit, etc...

Sus, c'est assez caqueté ;
Verse du vin,
Chambrière, qu'on se hâte !

Las ! voyez à ce pâté,
Il est gâté
Et plus froid que n'est la glace.
Dépêchons, tantirelitonfa,
Garçon, emplis-moi ma tasse,
Rebuvons ;
Voici, je vais boire à toi.
Le roi boit, etc...

Ce vin n'est pas trop piret,
Vu la saison,
Il est d'assez bonne sève.
Sire roi, buvez à nous
Deux ou trois coups,
Afin de tremper la fève.
Ce chapon, tantirelitonfa,
Crie après nous qu'on l'achève.
Sus, garçon,
Verse moi à boire un doigt.
Le roi boit, etc...

Il faut avoir du dessert ;
Ça des marrons,
Des poires et du fromage.
N'y a-t-il point d'hypocras,
Mon petit gars ?
Ah ! que c'est un doux breuvage !
Ça du pain, tantirelitonfa,
Que je fasse des rôties,
Car enfin
Je suis mort si je ne bois.
Le roi boit, etc...

Nous avons très-bien soupé
Sans mener bruit,

Et sans faire aucune noise,
Nous avons bu de bon vin
Clairet et fin.
Il est tard, chacun s'envoise.
Mes amis, tantirelitonfa,
De bon cœur je vous supplie
Que permis
Me soit d'étancher ma soif.
Le roi boit, etc...

Ce n'est pas tout, il nous faut
De cœur parfait,
A ce bon Dieu rendre grâces
Du grand bien que sans défaut
Il nous a fait,
Nous préservant des fallaces
Du malin, tantirelitonfa,
Qui nous suit en toutes places
Pour soudain
Nous surprendre en désarroi.
Le roi boit, etc...

XIX. MÊME SUJET.

Air: *Ne vous étonnez pas si je chéris
la treille.*

Ne vous étonnez pas
D'entendre à cette fête
Qu'en prenant mon repas
Je chante à pleine tête ;
Mon grand père m'a dit
Que, quand Jésus buvait,

On criait : le roi boit
Le roi boit, le roi boit !

Êtes-vous ignorant
De ce que l'on doit croire
Que, passant un torrent,
Il en a voulu boire ;
Le prophète royal
Prévoyant qu'il boirait,
S'écriait : le roi, etc...

Mille anges tour-à-tour,
Envoyés par son Père,
Voyant ce Dieu d'amour
Sur les bras de sa mère,
Quand de son chaste sein
Un pur lait il suçait
S'écriaient: le roi, etc...

Les pasteurs et les rois
Témoins de ce mystère
Accordèrent leurs voix
A celle de la mère
Et de son cher époux,
Lorsque Jésus tétait,
Et criaient : le roi, etc...

En prenant son repos
Au bord d'une fontaine,
Il but de l'eau des pots
De la Samaritaine ;
Les apôtres ravis
Cependant qu'il buvait
S'écriaient : le roi, etc...

Aux noces le bon vin
Manqua dans la dépense,
De tristesse et chagrin
L'on gardait le silence;
Mais lorsqu'il l'eût produit
Et lorsqu'il en goûtait,
Tous criaient : le roi, etc...

Dans cet autre festin
Où l'amour par ses charmes
Couvrit son corps divin
Et de baume et de larmes,
Les convives assis,
Lorsque Jésus buvait,
S'écriaient : le roi, etc...

Lorsqu'il goûte en la croix
D'un fiel amer le verre,
L'on n'entend point la voix
De l'homme sur la terre,
Mais l'ange dans le ciel
Voyant Jésus qui boit
S'écriait : le roi, etc,..

Étant ressuscité
Pour preuve de la gloire
De son humanité,
Il veut manger et boire ;
Les apôtres voyant
Que leur maître buvait
S'écriaient : le roi, etc...

A présent dans les cieux
Il boit en abondance
Du vin délicieux

14

De la divine essence,
Et les saints à jamais,
Puisqu'à jamais il boit,
Chantent tous : le roi boit,
Le roi boit, le roi boit !

XX. ABUS DES PLAISIRS.

Air: *Tous les bourgeois de Châtres.*

Toute la cour céleste
Des esprits bienheureux
Renouvelle la fête
Du monarque des cieux,
Qui vient dans ces bas lieux
Afin de sauver l'homme
Des crimes qu'Adam, à son dam,
Avait commis au paradis,
En mangeant d'une pomme.

Que vous étiez à plaindre,
Pauvre peuple Normand ;
Vous aviez tout à craindre
Sans cet événement ;
Ce fruit, votre aliment
Pour manger et pour boire,
Aurait coûté cher à la chair,
Que vous flattez quand vous contez
Qu'elle a part à sa gloire.

Le reste de la France
S'était mis à couvert,
Paris, pour pénitence,

Buvait tout le vin vert.
L'opéra tout l'hiver,
Avec la comédie,
Rendait ses habitants contents,
Et, Dieu merci, sans grand souci
Des biens de l'autre vie.

Les peuples de l'Empire
Imitaient les François.
Chacun n'aimait qu'à rire
Sous de faciles lois.
Artisans et bourgeois,
Et toute la noblesse,
Les partisans, les paysans,
Les chevaliers, les roturiers,
Vivaient tous sans tristesse.

L'Espagne et l'Italie
Menaient le même train ;
Point de mélancolie
Ni même aucun chagrin.
Chacun, en souverain,
Régnait dessus la terre,
Les plus gueux se tenaient heureux,
Goûtant la paix, n'ayant jamais
Aucun procès, ni guerre.

L'Écosse et l'Angleterre
Se donnaient du bon temps ;
L'Irlande, pour leur plaire,
En voulait faire autant.
L'Hollandais, le Flamand
Et toute la Lorraine
Suivaient la Savoie en joie,

N'épargnant rien de tous leurs biens
Pour la nature humaine.

Les jeux, la bonne chère,
Parmi les Polonais,
Etaient leur seule affaire,
Et leurs plus grands emplois.
Les Suédois, les Danois
Suivaient cette méthode ;
Les ris, inventés à Paris,
Se pratiquaient et se trouvaient
Chez eux tous à la mode.

L'Europe était contente,
Selon tous les auteurs,
Et se trouvait charmante,
S'ils ne sont pas menteurs.
Ses peuples, amateurs
D'un repos délectable,
Se couchaient quand ils s'endormaient,
Sans besoin de courir plus loin
Que du lit à la table.

Finissons cette histoire,
Faisant réflexion
Qu'à manger et à boire
C'est la dévotion
De chaque nation ;
Et tous tant que nous sommes
Nous allons tournant les talons
Au paradis, comme jadis
Faisaient les méchants hommes.

XXI. PURIFICATION DE LA SAINTE VIERGE.

Air : *Vous qui désirez sans fin ouïr chanter.*

Joseph, juste et plein de foi,
Suivant la loi,
Dès que les quarante jours
Ont fait leur cours,
Porte au temple Jésus-Christ ;
Il est écrit
Qu'au Seigneur tout premier né
Sera donné.

Tourterelles et pigeons,
Mystiques dons,
Sont offerts dans ces saints lieux
Au roi des cieux ;
Mais Jésus, plus pur encor,
Est un trésor
Qu'on ne saurait estimer ;
Tout doit l'aimer.

Ah ! que ses traits ravissants
Frappent les sens !
Siméon ne peut le voir
Sans s'émouvoir ;
Une vive et pure ardeur
Brûle son cœur ;
C'est l'objet de ses désirs,
De ses soupirs.

Il voit cet objet heureux
De tant de vœux,
Qui doit de tout l'univers

Briser les fers ;
Autrefois le Saint-Esprit
Lui découvrit
Qu'il aurait un si beau sort
Avant sa mort.

Il prend ce Dieu plein d'appas,
Entre ses bras,
Et louant de tout son cœur
Son créateur,
Ah ! dit-il, heureux instant !
Je meurs content,
J'ai vu de mes propres yeux
Le roi des cieux.

J'ai vu le Verbe éternel,
Dieu d'Israël ;
J'ai vu ce divin flambeau,
Soleil nouveau,
Astre qui doit ici-bas
Guider nos pas.
Mes désirs sont satisfaits,
Je meurs en paix.

PELLEGRIN.

XXII. MÊME SUJET.

Air: *Noël pour l'amour de Marie.*

La Vierge, sans être obligée
A se faire purifier,
Puisqu'elle n'était point souillée,
Le fait pour nous édifier.

Sans appréhender qu'on l'en blâme,
Marie, pour son fils et pour soi,
Porte, comme une pauvre femme,
L'offrande qu'exigeait la loi.

Rien ne la distingue d'entre elles,
Et, faute de quelques agneaux,
Elle offre deux tourterelles,
Ou le couple de pigeonneaux.

Peut-on rougir de sa misère
Et de n'être point dans l'éclat,
Quand on voit Jésus et sa mère
Réduits à un si pauvre état?

Mais cette incomparable mère
Qui venait racheter son fils,
Offrant ce fils à Dieu son Père
Lui fait une offrande sans prix.

Le Fils, dans les bras de Marie,
Souffre sans l'aide de la voix,
Pour vivre toujours en hostie
Et mourir enfin sur la croix.

Cette offrande fait que les nôtres
Sont agréables au Seigneur,
Et sans elle toutes les autres
Ne lui sont pas en bonne odeur.

Faites, mon Dieu, que, pour vous plaire
Et sacrifier avec fruit,
Je ne veuille jamais rien faire
Que dans, pour et par Jésus-Christ.

Pendant cette cérémonie,
Par l'inspiration de Dieu,
Avant que de finir sa vie,
Siméon se trouve en ce lieu.

Puisque, dit-il, pendant ma vie,
De mes yeux j'ai vu le Sauveur,
J'ai rempli toute mon envie,
Et je mourrai de bien bon cœur.

Anne, veuve et beaucoup âgée,
Y survint dans le même instant,
Et n'entretenait l'assemblée
Que des grandeurs de cet enfant.

Si nous suivions ces beaux exemples,
Et si c'était le Saint-Esprit
Qui nous fit venir dans les temples,
Nous y trouverions Jésus-Christ.

Que pour bien venir à l'église,
Bien offrir, bien faire oraison,
Votre esprit, mon Dieu, me conduise
Et m'arrête en votre maison.

XXIII. LA CHANDELEUR.

Air : *Ce n'est que dans la retraite.*

La Vierge allant à la messe,
Le jour de la Chandeleur,
Rencontra la Madeleine
Tenant un bouquet de fleurs.
Saluons la Vierge Marie
Et Jésus notre Sauveur.

Rencontra la Madeleine
Tenant un bouquet de fleurs :
Madeleine, belle fille,
Veux-tu venir avec nous ?
Saluons la Vierge Marie
Et Jésus son enfant doux.

Madeleine, belle fille,
Veux-tu venir avec nous ? —
Hélas ! comment donc irai-je ?
Je n'ai pas mes beaux atours.
Saluons, etc.

Hélas ! comment donc irai-je ?
Je n'ai pas mes beaux atours ;
Mais, si vous voulez m'attendre,
Je m'en vais les vêtir tous.
Saluons, etc.

Mais, si vous voulez m'attendre,
Je m'en vais les vêtir tous.
Ceinture qui l'environne
Lui fait bien quatre-vingts tours.
Saluons etc.

Ceinture qui l'environne
Lui fait bien quatre-vingts tours,
La couronne est sur sa tête,
Les quatre soleils y sont.
Saluons la Vierge Marie,
Jésus notre rédemption.

La couronne est sur sa tête,
Les quatre soleils y sont.

Le prêtre qui dit la messe
En a perdu sa leçon.
Saluons, etc.

Le prêtre qui dit la messe
En a perdu sa leçon,
C'est de la belle venue
De la belle Madelon.
Saluons etc.

Quatrième Partie.

NOELS SUR LES FAITS PRINCIPAUX
DE LA VIE DE N.-S. J.-C.

I. NAISSANCE ET MORT DE N.-S. J.-C.

Air : *Or nous dites, Marie.*

Chantons, je vous en prie
Par exultation,
En l'honneur de Marie
Pleine de grand renom.

Pour tout humain lignage,
Jeté en grand péril,
Fut transmis un message
A la Vierge de prix.
Nommée fut Marie,
Par destination,
De la royale lignée
Et génération.
Chantons, etc...

Or nous dites, Marie,
Qui fut le messager
Qui porta la nouvelle
Pour le monde sauver ? —
Ce fut Gabriël ange,
Que, sans dilation,
Dieu envoya sur terre,

Par grand'compassion. —
Chantons, etc...

Or nous dites, Marie,
Que vous dit Gabriël,
Quand porta la nouvelle
Du salut éternel ? —
Dieu soit en toi, Marie,
Dit-il sans fiction,
Tu es de grâce remplie
Et bénédiction. —
Chantons, etc...

Or nous dites, Marie,
Où étiez-vous alors,
Quand Gabriël archange
Vous fit un tel rapport ? —
J'étais en Galilée,
Plaisante région,
En ma chambre enfermée
En contemplation. —
Chantons, etc...

Or nous dites, Marie,
Cet ange Gabriël
Vous dit-il autre chose
En ce salut nouvel ? —
Tu concevras, Marie,
Dit-il sans fiction,
Le Fils de Dieu t'affie,
Et sans corruption. —
Chantons, etc...

Or nous dites, Marie,
En présence de tous,

A ces douces paroles,
Que répondites-vous ? —
Comment se pourra faire
Qu'en telle nation
Le Fils de Dieu le Père
Prenne incarnation. —
Chantons, etc...

Or nous dites, Marie,
Vous sembla-t-il nouvel
D'ouïr telle nouvelle
De l'ange Gabriël ? —
Ouï, car de ma vie
Je n'eus intention
D'avoir d'homme lignée
Ni copulation. —
Chantons, etc...

Or nous dites, Marie,
Que vous dit Gabriël,
Quand vous vit ébahie
De ce salut nouvel ? —
Marie, ne te soucie,
C'est l'obombration
Du Saint-Esprit, m'amie,
Et l'opération. —
Chantons, etc...

Or nous dites, Marie,
Crûtes vous fermement
Ce que l'ange vint dire
Sans nul empêchement ? —
Ouï ; disant à l'ange,
Sans autre question,

Soit faite et accomplie
T'annonciation. —
Chantons, etc...

Or nous dites, Marie,
Les neuf mois accomplis,
Naquît le fruit de vie,
Comme l'ange avait dit ? —
Ouï, sans nulle peine
Et sans oppression,
Naquit de tout le monde
La vraie rédemption. —
Chantons, etc...

Or nous dites, Marie,
Du lieu impérial,
Fut-ce en chambre parée,
Ou en palais royal ? —
En une pauvre étable
Ouverte à l'environ,
Où n'avait feu ni flamme,
Ni latte, ni chevron. —
Chantons, etc...

Or nous dites, Marie,
Qui vous a visitée ?
Les bourgeois de la ville
Vous ont-ils confortée ? —
Oncques d'homme ou de femme
N'eus consolation,
Et non plus qu'un esclave
D'étrange région. —
Chantons, etc...

Or nous dites, Marie,
Les laboureurs des champs
Vous ont-ils visitée,
Et aussi les marchands ? —
Je fus abandonnée
De cette nation,
Toute cette nuitée,
Sans consolation. —
Chantons, etc...

Or nous dites, Marie,
Des pauvres pastoureaux,
Qui gardaient ès-prairies
Leurs brebis et agneaux ? —
Ceux-là m'ont visitée
Par grande affection,
Sachez que fort j'agrée
Leur visitation; —
Chantons, etc...

Or nous dites, Marie,
Les princes et les rois,
Votre enfant débonnaire
Sont-ils venus le voir ? —
Trois rois de haut parage
D'étrange région
Lui vinrent faire hommage
Et grande oblation. —
Chantons, etc...

Or nous dites, Marie,
Que devint cet enfant ?
Tant comme il fut en vie,
Fut-il homme savant ? —

Homme de sainte vie
Et grande dévotion,
Etait, je vous affie,
Sans nulle abusion. —
Chantons, etc...

Or nous dites, Marie,
Lorsque l'enfant fut né,
Tant comme il fut au monde,
Fut-il du monde aimé ? —
Ouï, n'en doutez mie,
Fors de la nation
Des faux Juifs pleins d'envie
Et de déception. —
Chantons, etc...

Or nous dites, Marie,
Ces faux Juifs malheureux,
Lui portaient-ils envie,
Tant qu'il fut avec eux ? —
Tellement lui portèrent,
Et sans occasion,
Que souffrir ils lui firent
Cruelle passion. —
Chantons, etc...

Or nous dites, Marie,
Sans plus nous enquérir,
Les faux Juifs pleins d'envie
Le firent ils mourir ? —
Ouï, de mort amère,
Par grande détraction,
Sur la croix le clouèrent
Entremi deux larrons. —
Chantons, etc...

Or nous dites, Marie,
En étiez-vous bien loin ?
Fûtes-vous là présente,
En vîtes-vous la fin ? —
Ouï las ! éplorée
Par grande affliction,
Dont souvent chûs pâmée,
Et non pas sans raison. —
Chantons, etc...

Nous vous prions, Marie,
De cœur très-humblement,
Que nous soyez amie
Vers votre cher enfant ?
Afin qu'au jour funeste
Que tous jugés serons
Puissions être à la dextre,
Là-sus avec les bons. —
Chantons, etc...

II. VIE CACHÉE DE JÉSUS-CHRIST.

Air : *O doux printemps, roi des saisons.*

Chère mère du roi des cieux,
Contentez mon soin curieux,
Et me donnez la connaissance
De ce que faisait Jésus-Christ
Votre fils, durant son enfance,
Dont on ne trouve rien d'écrit.

Montrez-moi de son âge bas
Les actions et les ébats.
Se gouvernait-il comme un autre ?

Avait-il les infirmités
D'un corps bâti comme le nôtre,
Sujet aux incommodités? —

Hélas ! tu n'es guère empêché,
Car, hors l'ignorance et le péché,
D'un autre en rien il ne diffère ;
La faim, la soif, le froid, le chaud,
Et toutes sortes de misères
Lui ont toutes livré l'assaut.

Pendant l'âge plus enfantin,
Il n'a sucé que mon tétin,
Ou du lait qu'on venait de traire :
C'était là le seul aliment
Et la nourriture ordinaire
Du fils du roi du firmament.

Comme sa mère j'avais soin
De le traiter à son besoin,
Avec amour et diligence,
Mais las ! selon nos facultés ;
Souvent il avait indigence
De ses propres commodités

Lorsque je pense à ses regards,
Aux souris et baisers mignards
Dont en cet âge il m'a chérie,
Je double mes contentements,
Et suis encor tout ravie
De l'heur de ces petits moments.

Si j'étais capable de deuil,
Je baignerais aussi mon œil,
Ayant de ses maux souvenance ;

Car toutes sortes de douleurs
Ont assailli sa faible enfance,
Dont souvent j'ai versé des pleurs.

Etant un peu plus grandelet,
Commençant à marcher seulet,
Dessous ma conduite et ma guide,
Je traitai lors ce roi du ciel
D'une viande plus solide,
De beurre, de lait et de miel.

En lui se trouvaient les désirs,
Mêmes souhaits, mêmes plaisirs
Qu'un enfant prend en sa jeunesse ;
Et parmi ses jeux innocents
Il faisait voir la gentillesse
De son esprit et son bon sens.

Dans tous ces jeux, en vérité,
Il montrait sa dextérité,
Son jugement, son artifice ;
Et l'on n'y remarqua jamais
Nul trait de colère ou malice,
Ne pouvant pas être mauvais.

Ne faut donc pas être étonné,
Si je dis qu'il s'est adonné
A cet enfantin exercice,
Puisque l'âge lui permettait ;
Car, hors l'ignorance et le vice,
Tel qu'un autre enfant il était.

Pendant l'Égyptien séjour,
Il n'a point fait paraître au jour
Aucun trait notable ou insigne,

C'est peut-être que mon Sauveur
Jugeait ce peuple très-indigne
De recevoir telle faveur.

Ou du tout qu'il ne voulut pas
Montrer, dedans cet âge bas,
Rien de ses grandeurs nompareilles,
Attendant le temps et le lieu
De nous faire voir ces merveilles,
Et comme il est homme et vrai Dieu.

Voilà comme il passa le temps,
Durant l'espace de sept ans,
De notre demeure en Egypte ;
Puis, revenu en Nazareth,
Il fut toujours sous la conduite
De mon époux, mon cher Joseph.

A son père putatif
Il servait comme un apprentif
En son art de charpenterie,
Petit ramassant les coupeaux,
Plus grand, montrant son industrie
En mille ouvrages tous nouveaux.

Parfois il prenait le balai
Faisant l'office de valet,
Quand il me voyait occupée ;
Ou bien entassait en bûcher
La marchandise jà coupée,
De peur qu'on n'y vînt à broncher.

Il n'a point eu l'ambition
D'avoir pour son extraction
Quelque grande et riche personne,

Mais un simple homme de métier,
Et prend à gré que l'on lui donne
Le nom de fils du charpentier.

Il ne se vit jamais enfant
Qui, pour être humble, obéissant,
Plus que lui se fit estimable,
Et souvent en propos discrets,
Ce mignon, ce cher fils aimable,
Me discourait de ses secrets.

Tous les jours mon cœur méditait
Les choses qu'il me récitait
De ses merveilles évidentes,
Dont me venant à souvenir,
Je voyais par les précédentes
Celles qui devaient advenir.

Combien ai-je pleuré de fois,
Lorsqu'il disait souffrir en croix
La mort honteuse et criminelle ;
Ah ! dit-il : ne vous fâchez pas,
Je donne la vie éternelle
Aux pécheurs par ce dur trépas.

Il avait un savoir infus
Dont un jour il rendit confus
Les docteurs dans une assemblée ;
S'étant dans le temple rendu
A douze ans, dont je fus troublée,
Estimant qu'il étoit perdu.

Le premier miracle qu'il fit,
Ce fut en Cana, lorsqu'il vît
Le vin faillir en une fête ;

Montrant là son pouvoir divin,
A ma prière et ma requête,
Changea l'eau simple en très-bon vin.

Voilà ce que mon fils parfait
Dans le cours de trente ans a fait
De plus rare, de plus notable ;
Tu trouveras le reste écrit
Dedans le cahier véritable
Composé par le Saint-Esprit.—

Conclus donc, esprit curieux,
Que mon fils Jésus, roi des cieux,
Dieu éternel en son essence
Abaissant sa divinité,
Pour relever notre impuissance,
S'est revêtu d'infirmité.—

O sainte mère de Jésus,
Vos propos me rendent confus ;
Me disant qu'un Dieu s'humilie,
Que ferons nous donc aujourd'hui ?
Dites le nous, je vous supplie,
Qui ne sommes rien près de lui ?

Priez à sa divinité
Qu'il nous donne l'humilité
Pour notre salut efficace.
Afin qu'un jour, tous comblés d'heur,
Nous puissions voir sa sainte face
Pleine de gloire et de splendeur.

P. Binard.

III. LA SAMARITAINE.

Air : *Belle bergère champêtre.*

Jésus plein d'amour extrême
    Prit la peine
D'une pauvre âme aller chercher ;
Il traverse les campagnes
    Et montagnes,
Afin de l'aller trouver.

Etant donc en Samarie,
    Il s'appuie
Auprès du puits de Jacob,
Saisi d'une lassitude
    Grande et rude,
Qu'il ressentait plus que Job.

Ses apôtres très-habiles
    À la ville
Etaient allés pour chercher
Des vivres pour le grand maître
    De tout être,
Et lui donner à dîner.

S'en vint la Samaritaine,
    Femme vaine,
Au puits pour avoir de l'eau.
Elle fut d'abord ravie,
    De sa vie
N'avait vu un homme si beau.

Femme, donne-moi à boire,
    Tu peux croire
Que je suis fort altéré

De guérir ta conscience,
Et je pense,
De toi n'être refusé. —

Je serais bien affligée,
Très-fachée
De vous présenter de l'eau ;
Car étant Samaritaine
J'aurais peine
Qu'un Juif bût dedans mon seau.

Si tu savais, ma chère âme,
Bonne dame,
Combien vaut le don de Dieu,
Tu me donnerais à boire,
Et ta gloire
Commencerait en ce lieu. —

Je me garde bien de faire
Telle affaire,
Et je vous ai déjà dit
Que je suis Samaritaine,
Et j'ai peine
De mettre ici mon crédit. —

J'ai de l'eau, ma bien aimée,
Fortunée,
Pour ceux qui sont altérés,
A qui Dieu donne la grâce
Qui efface
Les plus énormes péchés. —

Monsieur, je ne puis comprendre,
Moins entendre,
Comment vous avez de l'eau ;

Car cette fontaine ronde
Est profonde,
Vous n'avez ni pot ni seau.

Vous saurez et devez croire
Que pour boire
Jacob nous donna ce puits.
Feriez-vous plus de merveilles,
Nompareilles,
Qu'il n'en a faites jadis ? —

Ah ! l'eau de cette fontaine
Est très-saine,
Mais celui qui en boira
N'aura point ce qu'il désire
Et soupire ;
Car soif encore il aura.

Mais celle que je donne
Est si bonne,
Pour le temps non seulement,
Mais pour la vie éternelle,
Qu'elle est celle
Qu'on boit dans le firmament. —

Seigneur, je me sens saisie
De l'envie
De boire un peu de cette eau,
Et donnez m'en donc de grâce,
Je suis lasse
D'en puiser dedans mon seau.

Jésus tout rempli de flamme
Lui dit : Femme
Appelle un peu ton mari,
Et venez tous deux vous rendre,

Sans attendre,
Jusqu'à cet endroit ici.

Faisant à cette semonce
Sa réponse,
Moi ! je n'ai point de mari,
Dit-elle, fort étonnée
Et piquée
Du discours de Jésus-Christ. —

Ton propos est véritable,
Admirable,
Tes cinq maris ci-dessus
Etant sortis de ce monde,
Trop immonde,
Tu ne les possèdes plus.

Je dis bien plus, ma chère âme,
Bonne dame,
Que l'objet de tes appas,
Qui possède toute flamme,
Est infâme,
Et qu'il ne t'appartient pas. —

Il ne s'est vu de notre âge
Tel langage
Prononcé si saintement.
Vraiment vous êtes prophète,
Interprète
Du grand Dieu du firmament.

Cette âme est toute étonnée,
Et fâchée
Que son fait soit découvert

Qu'elle avait pris tant de peine,
Mais très-vaine,
De tenir longtemps couvert.

Je sais très bien que nos pères,
Fort sincères,
Ont toujours adoré Dieu
Sur cette haute montagne,
Sans épargne,
Et non pas en autre lieu. —

Voici le temps qui est proche,
Sans reproche,
Que vous n'adorerez plus
De la manière ancienne,
Mais chrétienne,
Et reconnaîtrez Jésus. —

Moi qui suis Samaritaine,
Suis certaine
Que le Messie doit venir,
Bientôt en terre descendre,
Sans attendre,
Pour du tout nous avertir.

Femme, celui qui te parle
Et regarde
Est le vrai Fils du grand Dieu.
Je suis le divin Messie,
Et ma vie
Sera connue en ce lieu.

La pauvre Samaritaine
Toute pleine
D'un feu céleste et divin,

Dit à Jésus débonnaire,
Pour lui plaire :
O souverain médecin !

Vous êtes donc ce prophète,
Interprète
Qu'on nous annonce en tous lieux !
Hélas ! vous êtes peut-être,
Mon cher maître,
Le souverain Homme-Dieu.

Elle laisse-là sa cruche,
Sans embûche ;
Pour contenter son désir,
Elle va d'abord se rendre,
Pour répandre
Cette nouvelle à plaisir.

Elle court en Samarie,
Toujours crie :
Allez au puits de Jacob
Vous trouverez un prophète,
Que peut-être
Vous verrez plus saint que Job.

Allez donc, sans plus attendre,
Tous vous rendre
Auprès du puits où il est.
Il est le souverain maître
De tout être,
Il m'a dit ce que j'ai fait.

Les apôtres arrivèrent,
S'étonnèrent,
Considérant le Sauveur

Parler seul à une femme,
>> Toute en flamme,
En furent touchés au cœur.

>> L'un d'eux s'approchant lui donne
>> Chose bonne,
De quoi lui faire un repas,
Disant : Auteur de la vie,
>> Je vous prie,
Ne vous la refusez pas.

>> Dieu dit : Ma viande est de faire
>> De mon Père
La suprême volonté ;
Je suis pour sauver le monde,
>> Tout immonde,
L'ôtant de captivité.

>> Au sortir de Samarie,
>> Tous s'écrient,
Et courent à l'envi au puits,
Afin de pouvoir entendre,
>> Et apprendre
Leur salut de Jésus-Christ.

>> Chrétiens, que chacun soupire,
>> Et aspire
A un si aimable sort,
Et qu'il nous soit favorable,
>> Secourable
A l'heure de notre mort.

>> Seigneur, le peuple fidèle,
>> Avec zèle,

Vient vous bénir en ce temps ;
Donnez-nous à tous la grâce
Face à face
De vous voir au firmament.

IV. LE MAUVAIS RICHE.

LE LAZARE.

Air : *Que devant vous tout s'abaisse etc.*

Mon Dieu, puisqu'à présent faut que j'endure
Dessus la terre ainsi tout languissant,
Couvert de plaies, plein de pourriture,
Sans pouvoir trouver de soulagement ;
    Dans mes souffrances,
    La patience
    Donnez, mon Dieu,
    A mon cœur douloureux.

LE MAUVAIS RICHE.

Air: *Mon cher Bacchus, tout est perdu.*

Quel grand bruit entends-je à présent
    D'un gueux qui m'importune ?
Croirait-il point faire à présent
    Avec moi sa fortune ?
De moi il n'aura jamais rien,
    Qu'il meure ou qu'il languisse,
Car je veux garder tout mon bien
    Pour vivre avec délice.

LE LAZARE.

Soulagez moi donc dans mon indigence;
Dieu vous a donné la commodité ;

Il vous en rendra bonne récompense,
Un jour dans le ciel, c'est la vérité ;
      Donnez de grâce,
      En cette place,
      Un peu de pain
     Pour soulager ma faim.

LE MAUVAIS RICHE.

Je serais bien fou de donner
    Le bien que je possède ;
Quiconque voudra t'assister,
     Qu'il te donne ou qu'il t'aide :
Je veux entretenir mon train
    De grandeur admirable,
Et nourrir quantité de chiens
    Qui me flattent à table.

LE LAZARE.

Je vais par les rues de porte en porte
Sans que personne me veuille assister ;
Mon corps sur ces deux potences je porte,
Nul n'a pitié de mon infirmité :
     Mon Dieu, de grâce.
     Donnez-moi place
     Dedans les cieux
    Avec les bienheureux.

LE MAUVAIS RICHE.

Pour moi dans le contentement
    Je veux passer ma vie,
Prenant mon divertissement
    En grande compagnie :
J'ai de toute chose à souhait

Comme je le désire,
Ayant mon esprit satisfait
Jamais je ne soupire.

LE LAZARE.

Mon Dieu, puisque dans mon malheur extrême
Je n'ai trouvé aucun secours humain ;
Mon Dieu, je vais m'adresser à vous-même,
Devers le ciel je vous tends les deux mains.
Mon Dieu, de grâce,
Donnez-moi place
En paradis
Auprès de mes amis.

LE MAUVAIS RICHE.

Il sera temps de prier Dieu
A la fin de ma vie
Lorsque je serai bien vieux,
Selon ma fantaisie ;
Car de le prier si souvent
Il n'est pas nécessaire,
Il vaut bien mieux assurément
Mettre ordre à ses affaires.

Le bon Lazare est mort en pénitence,
Il est dans le ciel au sein d'Abraham ;
Le mauvais riche dans l'impénitence,
Et a l'enfer pour son appartement,
Où il endure
Des peines dures,
En n'espérant
Aucun soulagement.

Ne faisons pas comme le mauvais riche,
Qui a laissé le Lazare au besoin :
Donnons l'aumône et ne soyons pas chiches,
Dieu nous en récompensera fort bien ;
  Nous pouvons croire
  Que, dans la gloire,
  A tout jamais
Nous rendra nos bienfaits.

V. LA MADELEINE.

Air : *Madelon, je t'aime bien, etc.*

Vous qui désirez sans fin
  Ouïr chanter
Que notre Dieu est enclin
  A écouter
Notre prière et complainte
  Tous les jours,
Quand nous invoquons sans feinte
  Son secours ;

Et comme il est toujours prêt
  A pardonner,
Non pas d'un sévère arrêt
  Nous condamner,
Notre mal et notre peine
  Relâchant,
Oyez de la Madeleine
  Le beau chant.

Madeleine se levait
  Etant au jour,

Et bravement se parait
D'un bel atour,
Quand Marthe, moins curieuse
Des habits,
La vint aborder joyeuse
Par ces dits :

Dieu soit votre protecteur,
Ma chère sœur,
Si vous voulez en ce temps,
Pour passe-temps,
Voir quelque chose de rare
Et de beau,
Oyez ce qui se prépare
De nouveau.

Un prophète est arrivé,
Bien approuvé,
Dit Jésus de Nazareth,
Homme discret,
Qui doit faire à l'assistance,
Ce dit-on,
D'une divine éloquence
Un sermon.

C'est l'homme le plus parfait
Et en effet
Le plus beau, le plus savant,
Le mieux disant
Que jamais vîtes en face.
Pour certain
Son port, avec telle grâce,
N'est humain.

Madeleine, oyant ceci,
Prend ses habits
De beau velours cramoisi
Les plus jolis,
De ses blondes chevelures,
Tout en rond,
Faisant mille tortillures
Sur son front.

Ainsi parée d'habits
Beaux et polis,
S'en va notre Madelon
A ce sermon,
'Qui ne faut à prendre place
Près sa sœur,
Droit vis-à-vis de la face
Du Sauveur.

Aussitôt qu'elle entendit
Cet orateur,
Bouillonner elle sentit
Le sang au cœur ;
Puis une couleur vermeille,
A loisir,
Cette face blanche et belle
Vient saisir.

Bref, sa voix tant l'excita
De saints désirs
Que dès l'heure elle quitta
Tous ses plaisirs,
Vouant de saintement vivre
Désormais,

Et cette doctrine suivre
Pour jamais.

Quand fut fini le sermon,
On se départ.
Jésus s'en va chez Simon
Et autre part ;
Madeleine, fort honteuse
Soupirant,
Sa piaffe somptueuse
Va laissant.

Elle prend donc tout subit
Un simple habit,
Ses cheveux ayant épars
De toutes parts,
Tenant en main une boîte
D'un onguent,
Voit de loin le saint prophète
Poursuivant.

Arrivant chez le lépreux
Où il était,
De son onguent précieux
Qu'elle tenait
Oignit le chef et la tête
Du Sauveur,
Parfumant toute la fête
De l'odeur.

Puis, s'abaissant à ses pieds
Les essuya
De ses cheveux déliés
Que déploya,

Les lavant de l'abondance
De ses pleurs,
Jetait toute en repentance
Des clameurs.

Quand Simon eut ceci vu,
S'en étonnait.
Jésus l'ayant aperçu
L'en reprenait ;
Puis dit à la Madeleine :
Tes commis
Et péchés, sans nulle peine,
Sont remis.

Or, prions ce bon Sauveur
De bouche et de cœur,
Ainsi qu'il a fait pardon
A Madelon,
Aussi que, chantant la gloire
De ses faits,
Il ôte de sa mémoire
Nos forfaits.

VI. PASSION DE N.-S. JÉSUS-CHRIST.

Air : *Ma bergère, Dieu te gard, etc.*

Pourquoi ne trouvai-je plus
Dans ce jardin mon Jésus ?
Est-ce pour me mettre en peine
Qu'il est sorti de ces lieux ?
Hélas ! j'entends qu'on le traîne
Comme on fait des furieux.

16

Ah ! parricides bourreaux,
Que le ciel de ses carreaux
Va foudroyer dans l'abîme,
Si bientôt vous n'avez peur,
Cruels, de commettre un crime
Dont les démons ont horreur.

Et vous, juges inhumains,
N'aurez-vous jamais de mains
Pour secourir l'innocence
Du juste ainsi maltraité ?
Méprisez-vous la puissance
D'un Dieu vengeur irrité ?

Mes yeux, pouvez-vous bien voir
Les maux que font recevoir
A Jésus ses créatures,
Sans vous noyer dans vos pleurs ?
Pouvez-vous ouir ces injures
Sans ressentir ses douleurs ?

Voyez, mortels, votre Dieu
Couvert de sang, au milieu
D'une troupe qui s'apprête
A le battre et le fouetter
Des pieds jusques à la tête,
Tout' la nuit sans s'arrêter.

Après avoir déchiré
Ce corps divin et sacré,
Ils le couronnent d'épines ;
L'appellent roi par mépris :
Ou leurs langues sont devines,
Ou leurs cœurs se sont mépris.

Étant ainsi couronné,
Il est partout promené,
Lié de traits et de chaînes,
Comme un infâme voleur,
Sans que l'horreur de ses peines
Puisse apaiser leur fureur.

Parmi ce tumulte affreux,
Pierre s'enfuit de ses yeux ;
Nous ne voyons plus paraître
Celui qui voulait mourir
Plutôt que de nier son maître ;
Est-ce là le secourir ?

Hélas ! un torrent de pleurs
Que l'excès de ses douleurs
Répand de ses yeux coupables
L'a fait sortir du palais,
Pendant que ces détestables
Font à mon Dieu le procès.

Le dessein de ces perdus
Est de mettre en croix Jésus,
Et, pour leur dernier refuge,
Ils produisent deux témoins
Aussi méchants que le juge
Dont ils étaient les adjoints.

Voici d'autres accidents
Qui troublent si fort mes sens
Qu'ils m'obligent au silence,
Et je n'ai plus de voix
Pour dire ce que je pense ;
Mon Jésus est aux abois.

VII. JÉSUS-CHRIST NOTRE MODÈLE.

Air : *Daye, dan, daye.*

Le Fils de Dieu a des appas,
Le Fils de Dieu a des appas,
Que tout le monde ne sait pas.
Il faut bien imiter sa vie,
Jésus, Marie ; Jésus, Marie !

Il est vivant sur nos autels,
Il est vivant sur nos autels,
Tout plein d'amour pour les mortels,
Où tous les jours se sacrifie,
Jésus, Marie ; Jésus, Marie !

O Jésus ! l'amour de mon cœur,
O Jésus ! l'amour de mon cœur,
Faites que j'aie le bonheur
De dire à la fin de ma vie :
Jésus, Marie ; Jésus, Marie !

Cinquième Partie.

NOELS DIVERS.

I. NOEL DE LA VIGNE.

Air: *Hélas! Je l'ai perdue.*

Noble fleur de la vigne
Qui porta le raisin,
C'est la Vierge bénigne
Conjointe au fruit divin.

Très-honorablement
Chantons de bon courage,
Les prophètes longtemps
Crièrent l'avant-garde ;
Pour notre sauve-garde
Souffrit le chevalier
D'enfer la grand'bataille,
Il vint nous délivrer.
Noble fleur etc.

Du vieux testament
Adam le premier homme
Nous mit à damnement
Par le mord d'une pomme ;
Mais le vrai fils de l'homm
Nous a tous rachetés,
Et a payé la somme
A quoi étions livrés.
Noble fleur, etc.

Joachim s'est trouvé
Sous la porte dorée,
En la bouche a baisé
Son ancienne épousée,
De qui vient la lignée
De ce précieux fruit :
Marie est accouchée
A l'heure de minuit.
Noble fleur, etc.

Vrai puits de charité,
Princesse humiliante,
En toi la déité
A été reposante ;
Dieu le Père, par l'ange,
Son Fils te présenta ;
O dame de louange,
Avec toi grâce y a.
Noble fleur, etc.

Gabriel fut transmis
A porter la nouvelle,
A l'heure de Complies,
A la Vierge pucelle
ctant en oratoire,
Lisant en son psautier :
Dame, le roi de gloire
T'envoie saluer.
Noble fleur etc.

Le vingt-cinq, mois de mars,
La rose fut portée,
Fleur du plus grand soulas
Qui jamais fut trouvée :

C'est la Vierge sacrée
Qui porta Jésus-Christ,
Qui a fait son entréè
Tout par le Saint-Esprit.
Noble fleur etc.

Vois la couleur muer
A la Vierge Marie,
Quand ouït démener
Si grande mélodie,
D'ébahissement prise
De si grande clarté,
Tellement fut comprise
Cette nativité.
Noble fleur etc.

Et sainte Elisabeth
Qui neuf mois fut enceinte
Du prophète parfait
Nommé saint Jean-Baptiste,
De quoi l'Eglise sainte
Fait grand' solennité,
Ce que chante l'épître
A sa nativité.
Noble fleur etc.

O fleuve du Jourdain,
Où s'est fait ce baptême,
Où saint Jean fut chrétien
De ce précieux chrême !
Et aussi tout de même
Saint Jean l'a baptisé ;
Par la colombe sainte

Dieu reçut chrétienté.
Noble fleur, etc.

Joseph certainement
Va délaisser Marie,
Fut en grand pensement
Et en mélancolie.
Mais l'ange lui vint dire,
Pour le réconforter :
C'est le vrai fruit de vie
Qui est en son côté.
Noble fleur etc.

Jésus-Christ de là-sus
Nous fit à son image,
Par la sainte venue
Du trésor de la Vierge,
Luisante comme un cierge,
Fleur de grand' loyauté
Que nous porta la Vierge
Du roi de sauveté.
Noble fleur etc.

Un ange est arrivé
Aux pasteurs de Judée,
Il leur a dénoncé
Que c'était la journée
La plus grand' de l'année,
C'est le jour de Noël,
Sera solennisée
De l'Enfant nouveau-né.
Noble fleur etc.

Grand' joie démenant
Les pasteurs de Judée

Vont droit à Bethléem,
Tout le long d'une sente ;
Entre le bœuf et l'âne
Ils ont l'Enfant trouvé,
Sous une pauvre tente,
Ils ont Dieu adoré.
Noble fleur etc.

Un des rois d'Orient
Partit cette nuitée,
Et les deux d'Occident,
D'une étrange contrée ;
A une étoile claire
Tous trois ont cheminé
Jusques à la journée
Qu'on dit le jour des rois.
Noble fleur etc.

Hérode en grand émoi
Si s'en voulut enquerre,
Tant eut peur que son vol
Ne fût rué par terre.
Les rois lui répondirent :
Point ne vous demandons
Sinon le roi de gloire
Que par ici quérons.
Noble fleur etc.

Veut Hérode à son tour
A ces rois de noblesse
Que l'on fasse retour ;
En foi de gentilesse
Leur fit faire promesse;
Par ici revenez,

Car j'ai au cœur liesse
De l'aller adorer.
Noble fleur etc.

Hérode mit à mort
Les enfants d'innocence.
Vrai Dieu ! quel réconfort
Les mères peuvent prendre
Quand elles voient les lances
Et les épées tranchantes,
Les bourreaux à outrance
Occire leurs enfants !
Noble fleur etc.

L'étoile clairement
Va démontrer la place,
Par le commandement
Du Seigneur qui la garde.
Trouvèrent sous la halle
L'enfant au bercelet,
Le plus beau, le plus sage,
Dieu fait homme parfait.
Noble fleur etc.

Puis aux rois, clairement,
Vient démontrer la place,
Qui étaient d'Orient
Issus de noble race ;
Plus claire que chandelle
Etait resplendissant ,
Quand d'or, encens et myrrhe
Lui ont fait un présent.
Noble fleur etc.

Le bon saint Siméon
Avait cette espérance,
En Dieu dévotion
Et toute son attente,
Qu'il verrait sans doutance
Jésus de Nazareth,
Et que, dedans le temple,
On lui présenterait.
Noble fleur etc.

Au temple sont venus
Jésus-Christ et Marie ;
Fut noblement reçu
De toute seigneurie
Ce doux fruit de vie,
Vu par honnêteté,
Qui a été fleurie
En toute netteté.
Noble fleur etc.

Noble sang précieux,
En qui tout bien abonde
De la terre et des cieux
Tu sauves tout le monde;
O lumière du monde,
On peut te réclamer
Le soleil qui redonde
Par toutes les cités.
Noble fleur etc.

Vierge de dignité,
Fleur odoriférante,
Fontaine de bonté,
Le noble roi de France,

Marie de Recouvrance,
Tu nous veuilles garder,
Afin que la croix blanche
Demeure en son entier.
Noble fleur etc.

Vierge de grand trésor,
Qui tous les monts surpasses,
Donnez-nous réconfort,
Car la mort jà s'approche :
Prions le roi de gloire,
Et l'Enfant qu'as porté
Qu'en la fin de notre âge
Nous donne sauveté.
Noble fleur etc.

Fut faite la chanson
De la Vierge bénigne
Et de son enfançon,
Qui prit nature humaine ;
De la fleur de la vigne
La chanson commença,
Qui a été fleurie
Dès l'*Ave Maria.*
Noble fleur etc.

Chantons d'humilité,
Remerciant la Vierge
Qui de virginité
A été la concierge,
A porté cette palme
En son précieux flanc,
Qui fleurit en bref terme,
Est aux cieux triomphant.

Noble fleur de la vigne,
Qui porta le raisin,
C'est la Vierge bénigne
Conjointe au fruit divin.

P. BINARD.

II. NOEL DES MÉTIERS.

Air : *De Joconde.*

Berger, dis-moi qu'est-ce ceci?
D'où nous vient tout ce monde?
Est-ce un cahos, ou un débris,
Ou le reflux de l'onde? —
Si tu veux savoir ce qu'on dit,
Tous les métiers s'assemblent,
Et vont pour chercher Jésus-Christ
Qui est né, ce me semble.

L'un dit : j'ai quitté mon troupeau,
Comme l'a dit un ange;
J'ai été voir l'Enfant nouveau,
Né dedans une grange.
Allez, courez-y pour le voir,
Vous tous tant que vous êtes;
Car pour lui marquer mon devoir
J'ai donné ma houlette.

Sur ce viennent deux procureurs
Qui demandent l'étable,
Où était ce roi des seigneurs
Et ce Dieu tout aimable.
Nous n'en savons rien, disaient-ils;
Et sommes en dispute,

Savoir si ce beau petit fils
Est né dans une hutte.

Deux cordonniers bien pauvrement
Adorent le Messie,
Et lui consacrent constamment
Le reste de leur vie ;
Et là lui demandent pardon
De leurs fautes commises ;
L'un donne à Jésus un langeon,
Et l'autre deux chemises.

Après, trois jurés savetiers
Se parlaient à la porte
Pour savoir qu'ira le premier
Voir Jésus dans sa grotte,
Quand une troupe de tailleurs,
De la bonne manière,
Congédie tous ces messieurs
Sans faire leur prière.

On vit entrer des boulangers
Qui donnèrent des miches,
Suivis de quatre pâtissiers,
Apportant des saucisses ;
Joseph les mit dans un panier ;
Elles n'y furent guère,
Car un friand de galonnier
Les lui prit par derrière.

Un vitrier nommé Loiseau,
Proche d'une prairie,
Portant vitres à un château,
Vit une bergerie

Où il trouva que.Jésus-Christ
   Ne venait que de naître,
Pose aussitôt, sans contredit,
   Ses panneaux aux fenêtres.

   Un autre trouve à son besoin
   Un chirurgien habile,
Qui le saigna dessus du foin
   Pour lui chasser la bile.
Il lui donna d'un petit pot
   Dix ou douze tablettes,
Et pour le couvrir un surcot
   D'une étoffe très-nette.

   Un homme noir comme un charbon
   Se trouva dans l'étable ;
Plusieurs crurent bien tout de bon
   Que c'était quelque diable ;
Mais c'était un pauvre cloutier
   Lequel, oyant l'horloge,
Partit bientôt et sans quitter
   Ses vêtements de forge.

   Un sergetier donne à Jésus
   Quatre ou cinq aunes de sarge,
Un tisserand encore plus
   D'une toile bien large,
Et aussi un très-beau couteau,
   Tout garni de dorure,
Que Joseph eut de Châtellerault
   Sans payer de voiture.

   Il vint après quatre tanneurs
   Prier le roi de gloire,
Puis dix ou douze chamoiseurs,

Craquetants des mâchoïres ;
Ils sentaient si mauvais qu'on dit
Que tous, prenant la fuite,
Laissèrent d'abord Jésus-Christ
Tout seul comme un ermite.

III. LE CATHOLIQUE ET L'HÉRÉTIQUE.

LE CATHOLIQUE.

Air : *Que devant vous tout s'abaisse.*

Pauvre Damon, quand je te considère,
Tu es trop digne de compassion ;
De toi entièrement je désespère,
Si tu persiste en ta religion,
     Car sans la grâce,
     Quoique tu fasses,
Jamais ne verras la sainte Sion.

L'HÉRÉTIQUE.

Air : *Mon cher Baochus, tout est perdu.*

     Daphnis, pourquoi tant de raisons ?
     Pourquoi tant de poursuites ?
J'aime mieux ma religion
     Que celle des papistes.
Tu peux savoir ma volonté,
     Laisse-moi, je te prie,
Laisse-moi vivre en liberté
     Le reste de ma vie.

LE CATHOLIQUE.

Damon, c'est que ce surprenant mystère,
La naissance du Sauveur Jésus-Christ,

Dont nous faisons tous les ans la mémoire,
Ce même jour à l'heure de minuit,
Comme je t'aime
D'amour extrême,
M'oblige d'en éclaircir ton esprit.

L'HÉRÉTIQUE.

Laisse-là tes prétentions,
Car elles seront vaines,
Je t'ai dit mon intention,
Tu y perdras tes peines :
Va-t-en adorer Jésus-Christ,
Sans tarder davantage ;
Il m'ennuie de t'entendre ici
Parler de ce langage.

LE CATHOLIQUE.

Crois-moi, Damon, ne fais point le rebelle,
Embrasse, embrasse le joug de la foi ;
Pourquoi être si longtemps infidèle ?
Viens-t-en adorer Jésus comme moi,
Dans ta croyance
Quelle espérance !
N'être à jamais heureux comme tu crois.

De plus, dis-moi, les auteurs de ta secte,
Pour établir cette religion,
Ont-ils donné leur vie avec leur tête,
Ou, comme Jésus, souffert passion ?
C'est un Luther
Avec un Bèze,
Et Calvin, plein d'abomination.

Quitte, Damon, quitte ces infidèles,
Quitte leur maudite religion,
Viens adorer Jésus sur nos autels,
Et lui témoigner ton affection.
　　Ce Dieu suprême
　　Y est lui-même ;
C'est par la transsubstantiation.

Car, à présent, dedans notre France,
N'avons qu'un Dieu, qu'une loi, qu'une foi.
Notre grand roi Louis, par assurance,
Les a vaincus et mis tous aux abois :
　　Viens donc, de grâce,
　　Suivre les traces
D'un si grand nombre qui ont pris la foi.

L'HÉRÉTIQUE.

Je sens dedans mes intestins
　　Un grand feu qui m'enflamme ;
Je crois que c'est un feu divin
　　Qui a ravi mon âme.
Daphnis, je vois bien maintenant
　　Que je suis un coupable ;
J'ai péché très-grièvement,
　　Suivant ces misérables.

Je déteste joyeusement,
　　Et abjure avec aise
Mon malheureux aveuglement,
　　Calvin, Luther et Bèze,
Pour adorer en vérité
　　L'auteur de notre vie,
Jésus, ce Dieu d'humilité,
　　Dans la très-sainte hostie.

Mon Dieu, si j'ai, jusqu'à présent,
Eté un infidèle,
J'espère bien, dorénavant,
Vous être plus fidèle :
Je vous prie très-humblement,
Donnez-moi votre grâce,
Afin qu'un jour au firmament
Je puisse y tenir place.

IV. MÊME SUJET.

Air : *Cessez, Philis, cessez d'être inconstante.*

Quittons, chrétiens, quittons notre arrogance,
Apprenons à vivre en humilité,
Le Fils de Dieu aujourd'hui prend naissance,
C'est pour effacer notre iniquité.

Il nait tout nu dans une pauvre étable,
Sans lit, sans feu, au milieu des rigueurs ;
Serais-tu bien assez impitoyable
Pour ne lui pas témoigner tes douleurs ?

Le roi de tous les autres rois du monde,
Pour tout palais et pour tout logement,
Choisit pour sa naissance un lieu immonde,
Encore est-il découvert à tout vent.

Lui qui a fait toute la terre et l'onde
Se voit partout comme un gueux rebuté,
Lui par qui tout bien ici-bas abonde
Veut bien naître dedans la pauvreté.

Allons, chrétiens, allons lui rendre hommage,
Puisqu'il est notre Dieu, notre Sauveur,

Allons, à l'exemple de ces trois mages,
Humblement lui faire offre de nos cœurs.

Juifs enfoncés dedans l'idolâtrie,
Quittez, quittez vos superstitions,
Car cette nuit est né le saint Messie,
Qui borne vos grandes prétentions.

Peuples barbares, nations infidèles,
Venez tous l'adorer d'un cœur joyeux ;
A tous il promet la vie éternelle,
Abandonnez le culte des faux dieux.

Et vous, calvinistes insupportables,
Qu'avez-vous donc qui vous tient enchaînés,
Que ne venez vous vous rendre à l'étable
Pour adorer cet enfant nouveau-né.

Et vous, luthériens abominables,
Hélas ! que ne vous convertissez-vous ?
Sans être si longtemps captifs des diables,
Venez adorer Jésus comme nous.

Pourquoi donc, mon âme, être si misérable
Que de vivre dans le contentement,
Puisque Jésus qui naît dans une étable,
T'apprend à vivre et mourir pauvrement !

Mon Dieu, puisque, par votre sainte grâce,
Vous nous avez fait naître de chrétiens,
Faites qu'en paradis nous ayons place,
Afin de vous y voir régner sans fin. *Amen.*

V. TOUTE LA NATURE GLORIFIE LE SEIGNEUR.

Air : *Quand le péril est agréable.*

Bénissez le Seigneur suprême,
Petits oiseaux, dans vos forêts ;
Dites, sous ces ombrages frais :
   Dieu mérite qu'on l'aime.

Doux rossignols, dites de même,
Ou tous ensemble, ou tour à tour,
Et que les échos d'alentour
   Vous répondent qu'on l'aime.

Triste et plaintive tourterelle,
Bénissez Dieu, rien n'est si doux :
Je devrais plus gémir que vous,
   Car je suis moins fidèle.

Paissez, moutons, en assurance,
Et bénissez le bon Pasteur :
Voit-il en moi votre douceur ?
   Ah ! quelle différence !

Tendres zéphirs, qui, dans nos plaines,
Murmurez si paisiblement,
Bénissez-le chaque moment
   Par vos douces haleines.

Entre ces deux rives fleuries,
Bénissez Dieu, petits ruisseaux ;
Tout passe, hélas ! comme votre eau
   Passe dans ces prairies.

Dans ces beaux lieux tout est fertile,
J'y vois des fruits, j'y vois des fleurs,

Je le dis en versant des pleurs,
  Je suis l'herbe stérile.

Charmantes fleurs, un jour voit naître
Et mourir cet éclat si doux ;
Je mourrai bientôt après vous,
  Plus tôt que vous peut-être.

Je vois briller l'aimable étoile
Qui luit le matin et le soir :
Mon Dieu, quand pourrai-je vous voir
  Face à face et sans voile ?

Mer en courroux, mer implacable,
Je dois bien craindre le Seigneur :
Ainsi que vous, dans sa fureur
  Il est inexorable.

Tonnerre, éclairs, bruyante foudre,
Marquez son pouvoir, sa grandeur ;
Dieu peut confondre le pécheur
  Et le réduire en poudre.

Que ce grand fleuve dans sa course,
Disais-je un jour plein de ferveur,
Si je vous offense, Seigneur,
  Remonte vers sa source.

Fleuve, coulez avec vîtesse
Vers cet endroit d'où vous partez,
Changez de cours et remontez,
  J'offense Dieu sans cesse.

Comme le cerf court aux fontaines,
Pressé de soif et de chaleur,

Ainsi je cours à vous, Seigneur,
   Adoucissez mes peines.

Que le soleil et que l'aurore,
Que les campagnes, les moissons,
Que les rivières, les poissons,
   Qu'enfin tout vous adore.

Dieu tout puissant, en qui j'espère,
Soyez toujours mon protecteur.
Je suis un ingrat, un pécheur ;
   Mais vous êtes mon père.

VI. MÉDECINE SPIRITUELLE.

Air : *O doux printemps, roi des saisons.*

Prenez beaucoup d'humilité
N'épargnez point la charité,
Non plus que la vraie confiance ;
Il faut peu de société,
Quantité de bonne espérance,
Trois scrupules de gaieté.

Un petit grain de pure foi,
Qui soit simple et de bon aloi ;
Un quarteron de tempérance,
Douze onces de dévotion,
Avec autant de patience
Et de mortification,

Une livre de piété,
Le même poids de pureté,
Et guère moins d'indifférence;
Un manipule de raison,

Trente dragmes de sapience
Et du moins autant d'oraison.

Six onces d'amoureux mépris
Pour fortifier vos esprits,
Cinq quarterons de retenue
Pour ne hanter en aucun lieu,
Où vous puissiez par votre vue
Ou par le corps offenser Dieu.

Ne craignez pas d'en mal user,
Quand vous ferez tout infuser
Dans une pénitence sainte,
Ni de boire soir et matin,
Sans aucun dégoût et sans plainte,
De ce breuvage tout divin.

C'est pour imiter Jésus-Christ,
Et pour contenter votre esprit,
Que je vous offre ce remède :
Il est utile et souverain,
Il n'en est point qui ne lui cède,
Et vous ne le prendrez en vain.

Pendant son opération,
Ayez bonne provision
De douceur et de quiétude ;
Parlez au monde rarement,
Occupez-vous en solitude,
Vous guérirez parfaitement.

Pour votre santé conserver,
Il faut souvent aller trouver
Le vrai médecin salutaire,
C'est Jésus au Saint-Sacrement,
Aimez-le seul, et pour lui plaire
Parlez-lui très-confidemment.

SURIN.

Sixième Partie.

NOELS D'ORLÉANS ET DES CONTRÉES VOISINES.

I. ANCIENNE PASTOURELLE DES PAROISSES D'ORLÉANS.

Air : *Amants, aimez vos chaînes, etc.*

Sortons de nos tanières,
Je pense qu'il est jour.
Un brillant de lumières
Paraît tout à l'entour,
Qui dit quelque merveille.
Bergers, qu'on se réveille !
J'entends comme des voix,
Qui viennent de ces bois.

Oui, Pasteurs, sont des anges
Qui vous font assavoir
Un Sauveur dans les langes.
Allez tous pour le voir
Dans une crèche immonde,
Le monarque du monde,
Qui naît dans ces bas lieux,
Pour vous rendre des dieux.

Gloire à ce Dieu suprême
Dans son plus haut séjour,
Qui donne son Fils même
Par un excès d'amour,
Et que ses saintes flammes

Répandent dans les âmes
De bonne volonté
Sa paix et sa bonté.

Au bruit de ces nouvelles
Les pasteurs animés
Et de ces voix si belles
Dont ils étaient charmés,
Sans tarder davantage,
S'en vont pour rendre hommage
A ce divin Sauveur,
Et gagner sa faveur.

D'une ville de France,
Il y vint des bourgeois,
Du lieu de leur naissance
Nommés Orléanois,
Apporter pour étrennes
Du blé, du vin, des laines,
Et force coings confits,
Pour la mère et son fils.

Des deux corps plus augustes,
Sainte-Croix et Saint-Aignan,
Dans des distances justes,
Chacun tenait son rang,
Chantant au divin Verbe,
Couché sur un lit d'herbe,
Dans ce lieu tout désert,
Leurs motets de concert.

En parfaite concorde,
Saint-Paul veut s'y compter,
Et que l'orgue on accorde,
Afin de mieux chanter

Tous les divins cantiques,
Que les chœurs angéliques
Avaient sur leurs claviers
Entonnés les premiers.

De Sainte-Catherine
Les marchands bien connus,
En draps de laine fine,
Sont ensemble venus
Faire de leurs richesses
Abondantes largesses
A la mère et l'Enfant,
En ce jour triomphant.

L'on vit venir ensuite
Saint-Pierre et Saint-Michel,
Pour rendre leur visite
A ce dauphin du ciel ;
Puis en cérémonie,
Tous deux de compagnie
Ont donné des joyaux,
Et nombre de flambeaux.

Au brillant d'une étoile,
Saint-Hilaire est venu
Apporter de la toile
Pour vêtir l'Enfant nu,
Et bien plus d'une paire
De collets pour la mère,
Avec les plus beaux fruits
De son riche pourpris.

Saint-Maclou, Saint-Sulpice
Se sont mis en devoir
D'aller en sacrifice

Offrir tout leur pouvoir,
Et leur tapisserie,
Et leur pâtisserie,
Gâteaux molets et fins
Pour venir à leurs fins.

Saint-Pierre-Empont s'assemble,
Saint-Mesmin, Saint-Eloi,
Pour aller tous ensemble
Faire leur cour au roi ;
Et chacun d'eux s'empresse
D'aller fendre la presse
Pour frayer le chemin
A Saint-Pierre-Lentin.

Saint-Victor, Saint-Euverte
Ont fait porter du bois
Dans cette étable ouverte,
Du moins pour quelques mois,
En dessein charitable,
Dans le temps favorable,
De lui faire un logis
Au lieu de cetaudis. (1)

De peur que la fumée
N'incommode en ce lieu,
Et la sainte accouchée
Et le saint Enfant-Dieu,
Pierre-Puellier apporte
Dedans des pleines hottes

---

1)   Une troupe s'avance   Un pâté magnifique
     De Saint-Pierre-Puillier   D'une riche fabrique
     Qui vient en diligence   Qui fit ouvrir les yeux
     Offrir de sanglier   A tous les curieux.

Quantité de charbon,
Pour chauffer le mignon.

Ceux de Bonne-Nouvelle
Et la Conception
Sont venus d'un grand zèle
Tous en procession ;
Mais n'ayant rien en poche,
Benoît vient qui s'approche,
Et leur fournit de l'or
De son riche trésor.

En esprit pacifique,
Tous les praticiens,
Et les gens de boutique
De Saint-Donatien
S'unirent à la bande,
Portant pour leur offrande
Force peaux de mouton
Pour couvrir le poupon.

Saint-Liphard alla prendre
La Dame-du-Chemin,
A dessein de s'y rendre, (1)
Tenant tous en leurs mains
Hautbois, luths et guitares,
Pour faire des fanfares,
Trompettes et tambours
Pour en jouer tout le jour.

Saint-Germain, Saint-Étienne
Les suivaient pas à pas,

---

(1) Tenant tous dans la main
Pour faire des fanfares,
Leurs luths et leurs guitares,
Trompettes et tambours
Durant tout ce beau cours.

Avec un peu de peine
Parce qu'ils étaient las ;
Mais tandis que la foule
Passait l'eau qui s'écoule, (1)
Un moment de repos,
Les rendit plus dispos.

Saint-Paterne à la hâte
Partit de grand matin,
Emportant pain et pâte
Pour servir au besoin,
Et beaucoup de bagage
Pour meubler le ménage,
Foin, fourrage et du son
Pour le bœuf et l'ânon.

Saint-Laurent, Recouvrance
Qui ne font qu'un tous deux,
Tinrent leur conférence
Pour mener avec eux (2)
De la fleur de farine,
La plus belle et plus fine,
Plus de douze boisseaux,
Mesure de Jargeau.

Une troupe dévote
Partit de Saint-Marceau
Qui chantait dans sa note :
Vive le saint berceau !

---

(1) Ils firent reculer
De peur de s'acculer.
Les gens de Saint-Paterne
Pour en avoir leur part
Ont porté la lanterne
De peur d'être trop tard;
Tous suivaient la lumière
D'une ferveur entière,
Mais les bons compagnons
Venaient à pas mignons.

(2) Crainte de la famine
De la fleur de farine
La charge d'un ânon
Et l'offrir en leur nom.

Et rendit ses hommages
De quantité d'herbages,
De fromage et de lait
Des vaches d'Olivet.

D'une façon jolie,
L'on vint de Saint-Vincent
Présenter à Marie
Un bouquet tout récent
De roses très-vermeilles
Dans deux belles corbeilles,
Et quantité de fleurs
De diverses couleurs. (1)

D'une sainte allégresse,
La troupe de Saint-Marc
Courait avec grande presse
Pour n'être pas trop tard,
Faisant par tout entendre
Des expressions tendres ;
Et remplissant les airs
De ses charmants concerts.

Le troupeau de Bionne
Est venu par après,
D'une intention bonne,
Promettre en termes exprès
A Jésus et sa mère
De leur être sincère,

---

(1) De Saint-Marc à la file
 L'on vit venir sautant
 Une bande subtile
 Et qui buvait d'autant,

Faisant des caprioles
Au son de leurs flageoles,
Dont chacun fut lassé
Pour avoir trop dansé.

Et ne retourner plus
A leurs anciens abus. (1)

La visite étant faite,
Chacun se retirant
Présenta sa requête
A Marie et l'Enfant,
Demandant tous pour grâce
D'avoir un jour place
Au royaume des cieux
Pour comble de leurs vœux.

II. ANCIENNE PASTOURELLE D'ORLÉANS.

Air : *Mon cher Bacchus, tout est perdu.*

Chantons, mon cher Laurent, Noël,
Chantons d'amour extrême,
Un ange est envoyé du ciel
Par un ordre suprême,
Qui vient annoncer aux humains
La paix universelle ;
Chantons de cœur, frappons des mains,
Ne soyons point rebelles.

Du Verbe divin la bonté
Veut bien naître en ce monde,
Prendre sa sainte humanité
D'une vierge féconde,

---

(1) Lorsque la compagnie
Eut fait son compliment
A Jésus et Marie,
Et Joseph son amant,
Elle fit sa demande
D'un amour et foi grande
De les voir dans les cieux
Pour comble de leurs vœux.

Par l'organe du Saint-Esprit
    Qui forme ce miracle ;
Il est dans l'Evangile écrit,
    C'est un fait sans obstacle.

Les anges chantent dans les cieux ;
    A Dieu honneur et gloire !
Paix aux hommes dans ces bas lieux,
    En signe de victoire !
Notre ennemi déconcerté
    Se voit en décadence.
Nous avons notre liberté
    Par la toute-puissance.

Je découvre vers l'orient
    Une étoile brillante,
Qui par son visage riant
    M'anime d'un grand zèle ;
Cher ami, courons promptement
    Pour savoir ce mystère
Je suis dans l'empressement,
    Et je ne puis m'en taire.

Trois sages, dans notre chemin,
    Bientôt nous enseignèrent
Qu'elle annonçait un roi divin,
    Et nous le protestèrent ;
Nons avons laissé nos troupeaux
    Sur le haut des montagnes,
En jouant de nos chalumeaux
    Au milieu des campagnes.

Manette, imitant Céladon,
    Jouait de l'épinette,
Tâchant d'accorder son fredon

Au son de sa musette ;
Nous ne pûmes les arrêter,
Dans leur réjouissance
Désirant de faire éclater
La divine naissance.

Manon, Cécile, Elisabeth
Font ensemble un mélange
Pour écouter avec respect
Le beau motet de l'ange :
Puis s'entreprenant par la main
D'une façon sincère,
S'en vont pour voir ce souverain
Et sa divine mère.

La bonne mère Charité,
Aussi ses quatre filles
Par leur vertu ont mérité,
Comme âmes très-dociles,
D'aller seconder au besoin
Cet enfant adorable,
Qui reposait dessus du foin
Au palais de l'étable.

Puis, le jeune berger Fanchon,
Par une sainte envie,
Prend Jacques, Antoine et Godon ;
Ils vont de compagnie
Faire aussi tous quatre la cour
A ce Dieu de clémence,
Réduit par un excès d'amour
A l'extrême indigence.

Claude, Cateau, Elisabeth,
Et Cateau la plus grande,

Ont apporté de Nazareth
 Chacune leur offrande,
Pour présenter au saint Enfant,
 Cette rare merveille,
Qui leur fait dire en s'écriant :
 O beauté sans pareille !

 Par après, Manon, Cléomon
  Dont l'humeur est sans feinte,
Prenant Catin et Madelon,
  Vont toutes trois sans crainte
Chercher ce Messie attendu,
  Pour avoir l'avantage
De lui rendre au lieu prétendu
  Leurs trois cœurs en hommage.

 Madelon, Charlotte et Fanchon,
  Voulant aussi paraître,
Firent présent au saint poupon,
  Leur Dieu, Seigneur et maître,
D'un cœur rempli tout de ferveur,
  D'amour et de tendresse,
Dont la mère du doux Sauveur
  Leur fit grande caresse.

 Hubert Dandrillon le berger,
  Prenant sa sœur Hélène,
La pressa si fort de marcher
  Qu'elle en perdit haleine ;
Madelonnette y vint aussi,
  Comme les trois Maries,
Avec un esprit sans souci,
  Lui consacrer leurs vies.

 La Florentine avec Nanon,
  Et Manette et Thérèse,

Après avoir dit leur chanson
    Toutes trois à leur aise,
S'en vont pour adorer l'Enfant
    D'un zèle tout de flammes,
Et lui présentent à l'instant
    Tout l'amour de leurs âmes.

Puis nous aperçumes de loin
    Goton avec Perrine,
Qui portaient avec grand soin
    De la fleur de farine,
Avec un plein pot de lait doux
    Pour donner à Marie,
Dont Joseph son aimable époux
    Bien fort les remercie.

Un père mena sa maison
    Voir Jésus et sa mère,
Manon, Rénée avec Nanon,
    Etienne et Jean son frère ;
Manette et Jeanneton sa sœur,
    Comme aussi Madeleine,
Présentent au divin Sauveur
    Leurs cœurs pour bonne étrenne.

Jeanneton les suivant de près
    Offrit en sacrifice
Son corps à Jésus, tout exprès
    Pour lui rendre service,
Son cœur cómme sa volonté,
    Par promesse authentique
Qu'elle a faite avec liberté
    A ce roi magnifique.

Trois rois, avec grand appareil,
    Ont d'une foi profonde,

Adoré ce divin soleil
    Qui vient sauver le monde ;
Donnant avec myrrhe et encens
    D'or une bonne somme,
Offrant avec ces beaux présents
    Leurs cœurs à ce Dieu-homme.

    Laurent, nous sommes trop heureux
    Dedans notre province,
De posséder le roi des cieux,
    Des monarques le prince,
Reconnaissons ce grand bonheur,
    Lui rendant nos hommages,
Par un sacrifice de cœur,
    A l'exemple des mages.

    Supplions la mère et l'Enfant
    De nous faire la grâce
Qu'un jour dans son beau firmament
    Nous puissions avoir place,
Afin de chanter à jamais,
    Parmi les chœurs des Anges,
Dans les doux plaisirs de la paix
    Ses divines louanges.

III. MÊME PASTOURELLE

D'APRÈS UN TEXTE PLUS ANCIEN.

Chantons, mon cher Laurent, Noël,
    Chantons, d'un zèle extrême.
Un ange est envoyé du ciel,
    Par un ordre suprême,
Qui vient annoncer aux humains
    La paix universelle,

Chantons de cœur, frappons des mains,
    Ne me sois plus rebelle.

Du Verbe divin la bonté
    Veut bien dedans ce monde
Prendre sa sainte humanité
    D'une vierge féconde
Par l'organe du Saint-Esprit
    Que forme ce miracle ;
Il est dans l'Evangile écrit
    C'est un fait sans obstacle.

Un ange a chanté dans les cieux :
    Honneur au roi de gloire !
Paix aux hommes dans ces lieux
    En signe de victoire !
Notre ennemi déconcerté
    Se voit en décadence ;
Nous avons notre liberté
    Par la toute-puissance.

Je découvre vers l'orient
    Une étoile brillante
Qui, par son visage riant,
    Nous promet quelque attente ;
Donnôns-tous deux le plaisir
    D'aller voir ce mystère,
J'en sens un si pressant désir
    Que je ne puis m'en taire.

Trois seigneurs dans notre chemin
    Bientôt nous enseignèrent
Qu'elle annonçait Dieu fait humain,
    Et nous le protestèrent.
Nous avons laissé nos troupeaux
    Sur le haut des montagnes,

En jouant de nos chalumeaux
    Tout le long des campagnes.

  Laurent, nous sommes trop heureux
    Dedans notre province
De posséder le roi des cieux,
    Des monarques le prince.
Reconnaissons ce grand bonheur,
    Lui rendant nos hommages
Par un sacrifice du cœur
    A l'exemple des mages.

  Les dames Jacquette et Fanchon
    Firent leurs vœux paraître
En présentant un plein pochon
    D'or à Jésus leur maître,
D'un esprit rempli de ferveur,
    D'amour et de tendresse,
Dont la mère du doux Sauveur
    Leur fit grande caresse.

  Claude, Catos, Elisabeth,
    D'une vitesse grande,
Ont apporté de Nazareth
    Chacune leur offrande
Pour présenter au saint Enfant,
    Cette rare merveille
Qui leur fit dire en triomphant :
    O bonté sans pareille !

  Madelon, Charlotte et Goton
    Manon, Barbe et Manette
Margot, Babie et Jeanneton,
    D'une union parfaite,
Étant dans le lieu prétendu,
    Eurent cet avantage

D'offrir au Messie attendu
    Leurs neuf cœurs en hommage.

Un père amena sa maison
    Voir Jésus et sa mère,
Manon, Renée avec Nannon
    Etienne et Jean son frère,
Manette et Jeanneton sa sœur
    Et leur sœur Madeleine
Qui firent présent de bonne cœur
    D'eux-mêmes pour étrenne.

L'on vit venir fort à propos
    Trois sœurs qui ne font qu'une
Anne, Madeleine et Catos,
    Dans leur ferveur commune,
Protester d'un cœur humble et doux
    D'aimer toute leur vie
Et Jésus leur divin époux
    Et Joseph et Marie.

Jeanneton les suivant de près
    Offrit en sacrifice,
Son corps à Jésus tout exprès
    Pour lui rendre service,
Son cœur avec sa volonté,
    Par promesse authentique
Qu'elle a faite de sa liberté
    A ce roi magnifique.

Supplions la mère et l'enfant
    De nous faire la grâce
Dans son royaume triomphant
    D'avoir tous une place,
Puis de chanter à jamais

Parmi les chœurs des anges,
Dans les doux plaisirs de la paix,
Ses divines louanges.

IV. AUTRE PASTOURELLE POUR ORLÉANS.

Air : *Des Triolets.*

Pour adorer le roi des rois
Qui nous est né cette nuit sainte,
Assemblez-vous, Orléanois,
Pour adorer le roi des rois ;
Puisque les anges de leur voix
L'ont dit, allez y tous sans crainte,
Pour adorer le roi des rois
Qui nous est né cette nuit sainte,

O nuit qui nous produis le jour
Et le vrai soleil de justice,
Que je t'adore avec amour !
O nuit qui nous produis le jour,
Que la terre dans tout son tour
Fasse que ton nom retentisse !
O nuit qui nous produis le jour
Et le vrai soleil de justice.

Réveillez-vous, ô pastoureaux,
Pour aller voir le fruit de vie,
Et laissez paître vos agneaux.
Réveillez-vous, ô pastoureaux,
Abandonnez tous vos troupeaux
Pour aller voir le vrai Messie ;
Réveillez-vous, ô pastoureaux,
Pour aller voir le fruit de vie.

Faites-lui présent de vos cœurs,
O saints et vénérables mages !
Pour suivre ses attraits vainqueurs
Faites-lui présent de vos cœurs.
Il ne faut point d'autres honneurs,
C'est le plus parfait des hommages,
Faites lui présent de vos cœurs,
O saints et vénérables mages !

Dans une humble soumission
Chantons ce cantique à la mère
Qui le fit sans corruption.
Dans une humble soumission,
Honorons par dévotion
Cette fille qui fit son père.
Dans une humble soumission
Chantons ce cantique à la mère.

Fût-il jamais rien de pareil
Qu'une fille soit vierge etmère !
Qu'une étoile enfante un soleil,
Fût-il jamais rien de pareil !
Il faut que la foi soit notre œil
Pour pénétrer dans ce mystère ;
Fût-il jamais rien de pareil
Qu'une fille soit vierge et mère !

Sans perdre sa virginité
Ni sans aucune tache prendre,
Elle a sans douleur enfanté ;
Sans perdre sa virginité
Elle a dedans ses flancs porté
Dieu que le ciel ne peut comprendre,
Sans perdre sa virginité,
Ni sans aucune tache prendre.

Dans les cœurs des Orléanois
Versez ce qui leur est utile,
Et sur tous les peuples François,
Dans les cœurs des Orléanois ;
Verbe incarné, maître des rois,
Soyez protecteur de leur ville ;
Dans les cœurs des Orléanois
Versez ce qui leur est utile.

———

V. PASTOURELLE DE SAINT-DONATIEN D'ORLÉANS.

Air : *De Pienne* ou : *Belle bergère champêtre.*

Venez, peuple, je vous prie,
Voir Marie,
Et le fruit que cette nuit
Cette vierge et mère pure
Sur la dure
A divinement produit.

De tous côtés à cette heure,
Sans demeure,
Accourez pour voir l'Enfant ;
Hâtez-vous de reconnaître
Votre maître,
Fils du Père tout-puissant

Abandonnez vos affaires
Ordinaires
Pour cet enfant visiter,
Lequel vient par sa puissance,
Sa clémence,
Le genre humain racheter.

Tous les pasteurs à la presse,
Sans tristesse,
Abandonnent leur troupeau ;
Et ne sont pas les bergères
Les dernières
A chercher le roi nouveau.

Trois rois de leurs domiciles,
Très-dociles,
Viennent adorer l'Enfant ;
Et de leurs mains libérales
Et royales
Lui donner, or, myrrhe et encens.

Si les rois chantent louanges,
Et les anges,
A ce roi d'un cœur joyeux,
Nous devons à leur exemple,
Dans ce temple,
Tâcher de faire comme eux.

Sus donc ! que chacun s'efforce,
De sa force,
De louer le Fils de Dieu ;
Rendons-lui le témoignage
De l'hommage
Qu'on lui doit dans ce saint lieu.

Que chacun lui fasse offrande,
Sinon grande,
Du moins de tout son pouvoir ;
Notre prieur fait l'office,
Et service,
Studieux de son devoir.

Quant à moi, de ma poësie
Au Messie
De ces vers je fais présent,
Et l'organiste les sonne
Et entonne
Sur ses orgues doucement.

Puisque nous sommes ensemble,
Ce me semble,
Dedans Saint-Donatien,
Faisons tous au Fils prière,
A sa mère,
Pour notre roi très-chrétien.

Qu'il n'ait plus rien en mémoire
Que sa gloire,
Que son saint nom et ses lois,
Qu'en heureuse paix il tienne
Et maintienne
Tous les bons Orléanois.

VI. NOEL DE LA PAROISSE SAINT-VICTOR D'ORLÉANS.

Air : *Ah! que les bois, les échos, etc.*

Ah! que les bois, les échos, les fontaines
Ont retenti d'un agréable son,
Et que toute la nuit, parmi les plaines,
Les pasteurs ont dit de douces chansons !

Ah! qu'il est doux quand on est dans l'étable
Près de Jésus, cet objet si charmant !
Car, quoiqu'il naisse comme un misérable,
C'est pourtant lui qui finit nos tourments.

C'est lui qui est l'auteur de la nature,
Et qui a fait tout ce grand univers,
Et sans lui pas une des créatures
Ne pourrait pas même respirer l'air.

Cher Alexis, quittons-là nos houlettes,
Nos chiens, nos brebis et notre troupeau,
Et allons chez nous prendre nos musettes ;
Tircis ira prendre son chalumeau.

Daphnis y a été cette nuitée,
Il m'en a fait ce matin le récit ;
Allons avertir Alphésibée,
Pour y aller adorer ce petit.

Tytire, Agon se mettront de la bande,
Avec Philis, Coridon et Myris,
Puis nous irons tous faire notre offrande,
Chacun de ce qu'il a de plus exquis.

Si le chemin de cette sainte étable
Nous semble trop difficile et trop long,
Allons nous rendre dans la cathédrale,
A Saint-Aignan ou à Saint-Pierre-Empont.

Ou bien, sans sortir de notre paroisse,
Allons à l'église de Saint-Victor ;
C'est là où entendant la sainte messe
Nous y pourrons offrir notre trésor.

VII. LA PART A DIEU,

TELLE QU'ON LA CHANTE DANS LES RUES D'ORLÉANS,

LE JOUR DES ROIS.

Air propre.

A vous le bonsoir, messieurs et dames d'honneur,
Je vous donne le bonsoir à tous d'un grand cœur ;
Divertissez-vous bien dedans ce saint jour,
La fête des rois ne dure pas toujours.
  Ayez donc, mesdames,
  Le cœur rempli de charmes,
   Donnez nous pour Dieu,
   Donnez nous la part à Dieu,
Dieu vous conduira au royaume des cieux. —

Salut à la compagni' de cette maison,
Je souhaite bonne anné', du bien à foison ;
Suis d'un pays étrang' venu dans ce lieu
Pour faire la demand' de la part à Dieu.
  Ayez donc, etc....

Hâtez vous, monsieur le maîtr', coupez le gâteau,
Par la porte ou la fenêtr' donnez un morceau ;
Si notre part est bonn' la votr' le sera,
Là-haut le Seigneur donn', il vous la rendra.
  Ayez donc, etc.

Si la fève se présent' nous la planterons,
Dans un jardin sous un arbr' la déposerons ;
Prierons Vierge Marie, Jésus, les trois rois
Qu'ils nous fassent la grâc' que les puissions voir.
  Ayez donc, etc.

Allons ! bourgeois et marchands, et vous artisans,
Nous nous trouverons un jour tous au firmament.

Divertissez-vous bien dedans ce saint jour,
La fête des rois ne dure pas toujours.
　　　Ayez donc, etc...

　　　　　(Sans chanter)

La part à Dieu, ma bonne dame, s'il vous plaît !
　　Si donner vous ne voulez,
　　Ne faites pas attendre ;
　　Ma compagne a froid aux pieds
　　Et moi aussi je tremble.

VIII. CANTIQUE EN L'HONNEUR DE SAINT ROCH.

Air : *A qui me dois-je retirer, puisque
mon ami m'a laissée ?*

Saint Roch, confesseur glorieux,
Ami de Dieu très-débonnaire,
Qui, pour servir le roi des cieux,
Nous as été fort formulaire
De bien vivre et de bien mourir,
Contre mauvais air pestifère
Te plaise de nous secourir.

O très-saint et glorieux corps,
Du temps que tu vivais sur terre,
Toujours tu travaillais ton corps
A malades de peste et guerre,
Et ne craignant nulle desserre
Toi même les allais panser ;
Mais de ce pestilent caterre
Saint Roch nous veuille dispenser.

Ceux qui étaient envenimés
De cette maladie infecte

Etaient par toi tretous signés
Du signe de la croix céleste,
Dont par miracle manifeste
Etaient guéris soudainement ;
Béni saint vers qui je proteste,
Garde-nous de mal éminent.

Après avoir en ce bas lieu
Enduré maint travail et peine,
Tu fus, par le vouloir de Dieu,
Frappé de ce grief mal en l'aîne ;
Dieu voyant ta foi n'être vaine
Te voulut donner réconfort
Par l'ange, avec une fontaine
Qu'il fit sortir d'un très-dur roc.

Etant en l'ardeur de ce mal,
De Notre-Seigneur par puissance,
Par le petit chien de Godart
Avais tous les jours ta pitance,
Dont Godart mû de pénitence
Suivit son chien jusqu'au désert,
Où tu faisais ta résidence
En lieu de feuilles mal couvert.

T'ayant trouvé en tel état,
Ce gentilhomme débonnaire,
Il lui en fit au cœur bien mal.
Mais hélas ! il n'y sut que faire ;
Par quoi, pour du monde se traire,
Voyant ces miracles évidents,
Compagnie te voulut faire
Sans craindre mauvais accident.

Longtemps fûtes ensemblement
Menant une vie singulière,
Puis quand vins au trépassement
Tu fis à Jésus-Christ prière
Que ceux ne fussent mis arrière
Qui réclameraient ton saint nom,
Et que peste ou autre manière
Ne fît nuisance en leur maison.

Alors notre très-doux Sauveur
Ayant l'oraison agréable,
Voyant le vouloir de ton cœur
Qui était ainsi charitable
T'envoya une belle table,
En laquelle était écrit
Que tout lui était acceptable
Et qu'ainsi serait fait et dit.

Or donc, glorieux confesseur,
Puisque tu as telle puissance,
Veuille être notre intercesseur
Pour ce noble règne de France,
En priant la bonté immense,
Jésus le roi du paradis,
Qu'il préserve de pestilence
La ville d'Orliens et Paris.

IX. CANTIQUE EN L'HONNEUR DE SAINT AIGNAN.

Air : *Romance de la Suissesse.*

De saint Aignan célébrons la mémoire ;
Unissons tous et nos cœurs et nos vœux,
Et, jusqu'au trône ou rayonne sa gloire,
Faisons monter nos chants mélodieux.

O tendre père !
Vois tes enfants ;
De leur prière
    Ecoute les accents.

Il avait dit : Étranger sur la terre,
Au fond des bois pour Dieu seul je vivrai ;
Et quand viendra pour moi l'heure dernière,
Devant Dieu seul, inconnu je mourrai.
        O tendre père ! etc.

Mais quelle main bientôt rompit les charmes,
Qui retenaient sa sainte âme au désert ?
Euverte alors demandait avec larmes
Un successeur..... Aignan lui fut offert.
        O tendre père ! etc.

Orléanais, ouvrez-lui vos murailles,
De vôtre Eglise Aignan sera l'époux
Et sa défense au grand jour des batailles :
De ce présent du ciel soyez jaloux.
        O tendre père ! etc.

De Saint-Laurent le pieux monastère
A demandé de l'avoir pour pasteur ;
Allez, Aignan, des saints soyez le père
Enflammez-les de l'amour du Seigneur.
        O tendre père ! etc.

Déjà courbé sous le poids des années,
Euverte un jour l'appelle : O mon cher fils,
Au ciel, dit-il, j'ai lu vos destinées
Et d'Orléans j'entrevois les périls.
        O tendre père ! etc.

La mort fermera bientôt ma paupière :
De ce troupeau soyez le conducteur :

Obéissez, mon fils, à ma prière,
Et qu'Orléans en vous trouve un sauveur.
      O tendre père ! etc.

Euverte ! Aignan ! O Dieu, qui de ta grâce
N'admirerait envers nous la grandeur !
Un saint nous quitte, et pour remplir sa place,
Un autre saint devient notre pasteur.
      O tendre père ! etc.

De Sainte-Croix déjà la basilique
A, par Aignan, vu ses murs réparés,
Elle s'élève, et, sous sa voûte antique,
Les saints autels par lui sont décorés.
      O tendre père ! etc.

Qui nous dira son ardente prière,
Ses oraisons, ses larmes, ses soupirs,
Ses durs travaux, sa pénitence austère
Et son horreur pour tous les vains plaisirs ?
      O tendre père ! etc.

Qui nous dira les immenses largesses
Que dans le sein du pauvre il répandait ?
Qui nous dira ses touchantes tendresses
Pour le bercail qu'au Seigneur il gardait ?
      O tendre père ! etc.

Arles le vit, au jour de nos alarmes,
D'Aëtius implorant la valeur,
Du fier Romain, attendri par ses larmes,
Nous obtenir un secours protecteur.
      O tendre père ! etc.

Quand Attila menaçait nos murailles
Et d'Orléans voulait faire un tombeau,

Aignan priait, et le Dieu des batailles
Du saint pasteur défendait le troupeau.
O tendre père ! etc.

Contre l'Anglais Jeanne d'Arc a des armes ;
Elle vaincra, mais c'est en combattant :
Contre les Huns, Aignan n'eut que ses larmes,
Et, sans frapper, il vainquit en priant.
O tendre père ! etc.

Depuis ce jour, célèbre en notre histoire,
Cette cité dont tu fus le pasteur,
Treize cents fois a fêté ta mémoire
Et voit encore en toi son protecteur.
O tendre père ! etc.

Quand du Seigneur la trop juste colère,
Pour nous punir, déchaîne ses fléaux ;
Nous t'invoquons, et toujours ta prière
De tes enfants sait adoucir les maux.
O tendre père ! etc.

Du haut des cieux où notre œil te contemple
Reçois nos vœux et l'amour de nos cœurs ;
Bénis ton peuple assemblé dans ce temple
Et du Seigneur obtiens-lui les faveurs.
O tendre père ! etc.

L'abbé GADUEL.

X. NOEL EN LANGAGE PAYSAN.

Air : *Les fanatiques que je crains, etc.*

JEANNETTE.

Boutons noute habit le pus biau,
Que j'ons quand il est fête ;

Pour adorer l'enfant nouviau,
  Ça serait malhounête,
  Si j'allions en saligau ⎱ *bis.*
  Visiter noute maîte. ⎰

  J'ai de biaux souliers tout fin neu's,
Que m'a laissés mon pèze.
Tu me croizas si tu veux,
  Je le tiens de ma mèze ;
  Si je ne fé de mon mieux, ⎱ *bis.*
  Je ne saurais mieux faize. ⎰

  Je prends des ribans sans chagrin
  Que noute damoiselle
Me baillit en temps un matin,
  Par quoi j'avons du zèle,
  Il n'est que d'me boute en train, ⎱ *bis.*
  Je mets tout par écuelle. ⎰

GUILLAUME.

  Tatigué ! l'ar est ben cuisant,
  Pour s'ajancer si brave,
Pour moi je demeuze au-dedans
  Ou descends à la cave,
  Quand on veut m'emm'ner de c'temps, ⎱ *bis.*
  On me fiche une entrave. ⎰

JEANNETTE.

  Tu fais le délicat et blond,
  Du temps tu crains l'injuze ;
La nuit, déjà couché le long
  De c'te vieille mazuze,
  Soûl comme noute couchon, ⎱ *bis.*
  Craignais-tu la froiduze ? ⎰

GUILLAUME.

Aga, Jeannette, t'as raison,
　　Tu parles comme un prête,
Noute cuzé dans un sarmon
　　N'en dit pas tant peut-ête ;
　　Tu li ferais sa leçon,　　} bis.
　　Tu serais bian son maîte.

　　Il veut surtout, quoi qu'il en soit,
　　Que l'on fasse l'offrande ;
Puisque cela si fort li plaît,
　　Faisons ce qu'il commande,
　　Pour moi j'offre sans regret } · bis.
　　Ce que j'ai de ferlande.

　　Madame Louise prend chemin
　　Avec notre assemblée,
Apportant saucisse et boudin,
　　Et vin blanc de l'année,
　　Et pis j'irons sans chagrin } bis.
　　Honorer l'accouchée.

　　Quand je serons arrivés-là,
　　Je ferons la prièze,
Chacun de nous haranguera
　　Et l'Enfant et la mèze ;
　　Pour nous, en cet état-là, } bis.
　　Je sons prêts à tout faize.

XI. OFFRANDE DES BERGERS DE LA BEAUCE

EN LA PAROISSE D'ARTENAY, A LA MESSE DE MINUIT.

Air : *Ciel ! L'univers, etc...*

Quel jour nouveau dans la nature entière !
Quel doux concert nous excite au réveil !

A moitié de sa carrière
La nuit rend l'éclat aux cieux
Tout est lumière dans ces bas lieux.
Bergers empressez-vous.
Que tout s'éveille à cette merveille !
Sans plus tarder, venez vous joindre à nous.

Air: *Du haut en bas.*

Par ces accords
Il excitait la bergerie,
Par ces accords
A se rendre aux pieds du Messie.

Air: *Des folies d'Espagne.*

On vit partir des campagnes voisines
Mille bergers, mille pâtres divers
Tous désertant de leurs sombres chaumières
Venaient chantant accomplir leurs concerts.

Air: *A la façon de Barbari.*

Près de Bethléem arrivant
Un ange se présente.
Ne prenez, dit-il, mes enfants,
De moi nulle épouvante,
Le Fils du monarque puissant
Vient ici-bas pour soulager nos peines,
Il est né en l'humble taudis
Que voici,
Entrez pour voir ce nouveau fils,
Mes amis.

Air: *Sous un ormeau, etc.*

Sur son berceau
Que formait de foin un monceau,
D'un regard bénin
Le poupon leur tend la main.

Air : *Des folies d'Espagne.*

Mais quelle voix entends-je ? quel cantique !
Quelle clarté vient embellir ces lieux !
O charme, ô ciel, ô vertu angélique,
Vous décelez le Fils du roi des cieux.
Il est donc Dieu cet enfant adorable,
Dont les appas ont tout droit sur mon cœur.
N'en doutons plus, quoique dans une étable,
Le ciel en lui révère son auteur.
Les maux qu'il souffre et les larmes amères
Que je lui vois répandre dans ce jour,
En tarissant le cours de mes misères,
De mon Sauveur sont les marques d'amour.

Air: *Non, non, Colette n'est point trompeuse.*

Oui, oui, c'est lui que le ciel adore,
Je lui consacre ma foi ;
Oui, oui, c'est lui que le ciel adore,
Je lui consacre ma foi ;
S'il se donne sans partage,
Si Jésus est tout à moi,
Un juste retour m'engage
A ne subir que sa loi.
Oui, oui, c'est lui que le ciel adore,
Je lui consacre ma foi.

Air : *Du prévôt des marchands.*

Admirons les bergers dans leur foi,
A Jésus consacrons tous nos voix,
Avec zèle accourons à l'étable,
Allons voir le Rédempteur naissant ;
Prosternés à la crèche adorable,
Que nos cœurs soient les premiers présents.

XII. NOEL DE SAINT-BENOIT-SUR-LOIRE.

Air : *Amants, aimez vos chaînes.*

Aussitôt qu'en Judée,
Notre Sauveur fut né,
Comme dans son idée
Dieu l'avait destiné,
Chaque ville et village
Voulut lui rendre hommage,
Et de ce pays-ci
L'on s'y rendit aussi.

Orné de fleurs vermeilles,
FLEURY, le chef de tous,
Porta trente bouteilles
D'un vin charmant et doux.
Déjà le vieux décembre,
Sur ce jus de septembre,
Avait trois fois passé
Son souffle tout glacé.

Il fit porter encore,
Avec de très-beaux fruits,
A l'Enfant qu'on adore
Macarons et biscuits,
Et, son offrande faite,
D'une ardeur très-parfaite,
Il se mit à genoux,
Et pria Dieu pour tous.

BENOIST, pour cette fête,
Parut le lendemain,
Avec la mître en tête
Et la crosse à la main.
On le vit d'un grand zèle,

Comme un vassal fidèle,
Adorer de bon cœur
Son souverain Seigneur.

Messieurs de la ville
Y vinrent des premiers,
Et leur troupe civile
N'était que d'officiers ;
Avec toute la suite
De bourgeois de mérite,
De marchands, d'artisans
Portant tous leurs présents.

Ceux d'auprès la rivière,
Marchands et bateliers,
Polis à leur manière,
Ayant leurs beaux souliers,
Donnèrent dans l'étable
A l'Enfant adorable
Barbillons et barbeaux,
Des plus gros et plus beaux.

Le canton solitaire
Des Braudins sablonneux
Fit présent à la mère
De beaux langes tout neufs ;
Ceux des Prouteaux de même
Remplis d'un zèle extrême
Portèrent à grands pas
De quoi faire des draps.

On vit partir ensuite
Lazy, les Ripeneaux ;
Leur troupe bien instruite
Apporta deux agneaux,

Suivie de ceux des Places
Portant dans leurs besaces
Des fruits très-excellents
Qu'ils cueillent tous les ans.

De Sainte-Scholastique
Et des hameaux voisins
La troupe un peu rustique
Présenta des raisins ;
Mais à la Cracaudière
On fit dans la chaudière
Du millet destiné
A l'Enfant nouveau-né.

Deux voisines contrées
L'Aubepin, les Boutrons
Donnèrent des bourrées
Plus de six quarterons.
L'étable découverte,
A tous les vents ouverte,
Méritait bien ce soin
Dans un si grand besoin

De la Noue-Archenaude
On porta des toisons
Qu'acheta maître Claude
Dans deux ou trois maisons ;
Et du hameau des Noues,
Malgré toutes les boues,
On se joignit enfin
A ceux du Vieux chemin.

Les habitants honnêtes
Du faubourg Saint-Clément,
Tous cotisés par têtes,

Après leur compliment,
Donnèrent à Marie
Force pâtisserie,
Avec six gros poulets
Nourris chez eux exprès.

Le hameau de CHERELLES
Arriva le dernier
Avec cire et chandelles
Tout plein un grand panier.
Le Sauveur de mon âme
N'avoit ni feu ni flamme
Dans un si triste lieu ;
Quel palais pour un Dieu !

SAINT-PÈRE sur sa mule,
Comme étant notre chef,
Fit présent d'une bulle
A Marie et Joseph,
Et dit dans sa prière :
Je suis votre vicaire,
Seigneur, conservez-moi
Longtemps dans cet emploi.

Du haut de sa montagne
Nous voyant en chemin,
BRAY se mit en campagne
Et partit à la fin,
Menant de la farine
La plus belle et plus fine
Et deux cordes, dit-on,
De bon bois et charbon.

Bouzy pour ce voyage
Sortant de son bourbier

Porta pour son hommage
Quantité de gibier.
Canards, lièvres, bécasses,
Perdrix, cailles bien grasses,
Quatre bons lapereaux
Bien nourris et bien beaux.

Sachant cette nouvelle,
Déjà le pied dans l'eau,
SAINT-AIGNAN, plein de zèle,
Fit chercher un bateau.
Ce soin fut inutile ;
Envoyant de cette île
Son compliment par Bray,
Il resta dans son gué.

SAINT-MARTIN prit sa place
Et partit aussitôt,
Fendant partout la glace
Et par bas et par haut ;
Et malgré la froidure,
Voyant sans couverture
Le bel enfant nouveau,
Lui donna son manteau.

GERMIGNY, son confrère
Et son proche voisin,
Fit présent à la mère
De beau linge très-fin.
Et plein de confiance
Adora dans l'enfance
Avec humilité
La Sainte-Trinité.

Les habitants des BORDES
En furent avertis,

Et quittant leurs discordes
Furent bientôt partis :
Et tous d'un même zèle
Et d'une ardeur fidèle
• Portèrent promptement
Dix mines de froment.

Leurs voisins de Bonnée
Aussi le lendemain
Tous, dès la matinée,
Se mirent en chemin,
Portant de leur village
Force beurre et fromage,
De bons œufs frais aussi
Plus qu'on n'en trouve ici,

Guilly prit ses mesures
Et parmi d'autres dons
Porta des confitures
De toutes les façons ;
Mais au port de Bouteille
On avait dès la veille
Fait charger tout exprès
Deux cents bons coterets.

Pour suivre de Baptiste
Les avis importants
Neuvy fit une liste
De tous ses habitans ;
Les députés partirent
Et de grand cœur offrirent
Deux bons quartiers de veau
Achetés à Jargeau.

Tigy, leur bon confrère,
Presque toujours content,

Vint offrir à la mère
Six chapons excellents,
Et toute sa noblesse
Fit fort grande largesse
A l'adorable Enfant
De fruits, d'or et d'argent.

CERDON avec sa suite
Chassa trois jours entiers,
Et vint se joindre ensuite
A ceux de nos quartiers.
Il étoit hors d'haleine
Et portait avec peine
Un pâté de perdrix
Et deux chevreuils exquis.

FLEURY, dans son jeune âge,
Sans trouble et sans ennui,
Avait pour son partage
Passé trois ans chez lui.
O souvenir aimable
D'un temps si délectable !
Tu dureras toujours
Jusqu'à mes derniers jours.

CONCLUSION.

Chrétiens, d'un zèle extrême
Offrons dès aujourd'hui
A notre roi suprême
Tout ce qui vient de lui,
Nos biens, nos cœurs, nos âmes,
Nos désirs pleins de flammes ;
Et demandons pour prix
Place en son paradis.

J.-B. FEILLATRE.

XIII. NOEL DE LA VILLE DE BLOIS.

Air : *Du mirliton.*

D'une vierge il vient de naître
Un joli petit poupon,
Dans une étable champêtre,
Entre le bœuf et l'ânon ;
Vive le poupon, le poupon de Marie,
Vive le poupon, don, don.

Le feu, l'air, la terre et l'onde
Sont l'ouvrage de sa main ;
Il est venu dans le monde
Pour sauver le genre humain ;
Vive le poupon, le poupon de Marie,
Vive le poupon, don, don.

De tout mon cœur je l'adore
Ce beau poupon sans pareil,
Il est plus beau que l'aurore,
Plus brillant que le soleil ;
Vive le poupon, le poupon de Marie.
Vive le poupon, don, don.

Les bergers sont en alarmes,
Ils courent tous à grands pas,
Pour voir ce Dieu plein de charmes,
Tout brillant de mille appas ;
Vive le poupon, le poupon de Marie,
Vive le poupon, don, don.

Iris, Cloris, Célimène
Apportèrent leurs présents,
En passant dans cette plaine,
Elles disaient en chantant :

Vive le poupon, le poupon de Marie,
Vive le poupon, don, don.

Gaspard, le premier des mages,
Tenant en main son trésor,
Fit à Jésus ses hommages,
Lui donnant de fort bel or ;
Vive le poupon, le poupon de Marie,
Vive le poupon, don, don.

Melchior, ce généreux prince,
A ce bel enfant divin
Apporta de sa province
Un plein coffre d'encens fin ;
Vive le poupon, le poupon de Marie,
Vive le poupon, don, don.

Balthazard, devant ce sire
Se prosternant humblement,
Lui donna de bonne myrrhe
Dans un beau bassin d'argent ;
Vive le poupon, le poupon de Marie,
Vive le poupon, don, don.

Les bateliers de la Loire
Portèrent à Jésus leurs vœux,
Après ils s'en furent boire,
Et chantaient d'un cœur joyeux :
Vive le poupon, le poupon de Marie,
Vive le poupon, don, don.

Des bergers, d'humeur gaillarde,
Dáns les chemins qui sautaient,
Dansant la pantalonnade,
Joyeusement ils disaient :

Vive le poupon, le poupon de Marie,
Vive le poupon, don, don.

Que chacun de nous s'apprête
Pour adorer cet enfant,
Et célébrer cette fête,
En chantant joyeusement:
Vive le poupon, le poupon de Marie,
Vive le poupon, don, don.

La veille de saint Étienne,
Tous les habitants de Blois,
Et les paroissiens de Vienne
Chantaient tous à haute voix :
Vive le poupon, le poupon de Marie.
Vive le poupon, don, don.

Sur les rives de la Loire
Bergers, gardant vos agneaux,
Chantez, sans cesse, à sa gloire,
Faites redire aux échos :
Vive le poupon, le poupon de Marie,
Vive le poupon, don, don.

Prions ce divin Messie,
Que, par sa nativité,
Il nous donne, par Marie,
Son heureuse éternité ;
Vive le poupon, le poupon de Marie,
Vive le poupon, don, don

XIV. NOEL DES PAROISSES DE BOURGES.

Air: *A l'ombre de ce vert bocage.*

Bourges n'a plus que cinq paroisses
De tous ses temples d'autrefois,
C'est qu'au milieu de nos angoisses
On les ruina tous à la fois.
Adorons les décrets de Dieu ;
Un cœur chrétien n'est point sensible
Aux maux fréquents de ce bas lieu.

Les bons bourgeois de Saint-Étienne
Ainsi que les riches marchands,
Les tribunaux, cour souveraine,
L'académie, les artisans,
Tous en ce temple vénérable
Vont présenter avec ferveur
A l'Enfant né dans une étable
Le pur hommage de leur cœur.

Saint-Pierre voit ses vignicoles,
En la halle les commerçants
Les séminaires et les écoles,
Dans le Dépôt bien des souffrants,
Remplis d'une foi vive et pure ;
Chacun apporte ses présents
Devant l'auteur de la nature,
Et lui font des vœux bien fervents.

Les forgerons de Notre-Dame,
Et les fripiers et les tanneurs,
N'ayant tous qu'un cœur et qu'une âme,
A l'Enfant-Dieu font les honneurs.
Pour l'affligé, le misérable

On ouvre un asile nouveau,
Et par un zèle charitable
L'enfance reçoit un berceau.

Dans Saint-Bonnet, la Providence
Comble de biens les maraîchers ;
Sur les marchés grande abondance
Et sur les étaux des bouchers.
Au roi des roi toujours fidèles,
Divers états, chacun son tour,
Vont dans leurs fêtes solennelles
Lui témoigner leur tendre amour.

Hélas ! faut-il que dans Asnières,
Où tout le peuple est vigneron,
L'on se partage en deux bannières,
N'ayant qu'un Père toujours bon !
Ah ! doux Jésus, Sauveur aimable !
Touchez les cœurs voués à Calvin,
Et réunis dans votre étable
Nous goûterons l'amour divin.

XV. PASTOURELLE DES PAROISSES DE TOURS

Air : *Amants, aimez vos chaînes etc.*

Pasteurs de ces prairies,
De vos cantons divers
Quittez les bergeries ;
Le roi de l'univers
Est né dans une étable,
Votre Messie aimable
Qui vient pour vous sauver,
Allez tous l'y trouver.

Gloire à ce Dieu sublime
Dans le plus haut des cieux,
Et que sa paix intime
Se répande en tous lieux !
Que la nature humaine
Qui se voit hors de peine
Chante dans ce saint jour
Des cantiques d'amour !

Eux, d'une âme soumise,
Ont tout abandonné,
Pour aller sans remise
Voir ce roi nouveau-né,
Publiant ses louanges,
A l'exemple des anges,
Par les champs et les bois
Au son de leurs hautbois.

Sur un peu d'herbe sèche
Ils ont vu cet Agneau,
Couché dans une crèche
Qui servait de berceau,
Près de sa mère vierge
Et Joseph leur concierge,
Qui gardait dans ce lieu
Ce petit Homme-Dieu.

Trois rois appelés mages,
Sortis de leur terrain,
Ont rendu leurs hommages
A ce roi souverain,
En lui faisant largesse,
D'une grande tendresse,
De trois riches présents,
D'or, de myrrhe et d'encens.

Du jardin de la France
Il vint des pastoureaux,
Que pour leur différence
L'on nomme Tourangeaux,
Présenter à la reine
Des beaux fruits de Touraine,
Et des draps les plus fins
De tous leurs magasins.

Un motet en musique
Saint-Gatien, Saint-Martin
Ont chanté pour cantique
A l'honneur du dauphin ;
Puis ont fait leur offrande
Et magnifique et grande,
Demandant tour à tour
Sa grâce et son amour.

Messieurs de la justice
Sont venus par après,
Et ceux de la police
Qui les suivaient de près ;
Puis chaque corps de ville
Qui venait à la file
Pour aller promptement
Lui faire compliment.

Saint-Saturnin ensuite
Donna de son trésor
Une étoffe d'élite
De brocart de fin or,
Sa frange et sa doublure
D'une riche parure,
Tous les plus beaux atours
Qui fussent dedans Tours.

Les marchands de soierie
De Saint-Pierre-Puillier
Sont venus voir Marie
Et son Fils supplier
D'un cœur humble et sincère
De recevoir leur chère,
Et ne refuser pas
De leurs beaux taffetas.

De Saint-Pierre-du-Boile
Les pasteurs sont venus
Apporter de la toile
Au saint enfant Jésus,
Des bas et des mitaines
De leurs plus fines laines,
Pour servir au poupon
Dans la froide saison.

Saint-Clément qui raffine
Sur le plus pur froment
Porta de la farine
Avec empressement ;
Et Saint-Simple se presse
D'aller faire largesse
Au nom de Saint-Eloi
Qui n'avait pas de quoi.

Sainte-Croix, Saint-Hilaire,
Saint-Denis, l'Ecrignol,
Semblaient tous contrefaire
Le chant du rossignol,
Chargés de confitures
De pâtés, de fritures,
De beau fruit diapré
Pour le dauphin sacré.

Saint Vincent, Saint-Étienne,
Pour l'aller secourir,
Etaient tous hors d'haleine
A force de courir,
Mais la troupe choisie,
Craignant la pleurésie,
Prit à Saint-Avertin
En passant du tintin.

Par un point de prudence
Les gens du Chardonnet,
Usant de prévoyance,
Prirent tous leur bonnet,
Et nombre de fusées
Qu'ils n'avaient pas filées,
Mais qu'ils avaient pourtant
Pris pour argent comptant,

Du quartier de la Riche
Les boulangers marchands
Ont porté de la miche
Et fait venir des champs
La crême la plus fine
Pour la mère divine,
Et du lait du Plessis
Pour donner à son fils.

Une bande d'Islières
Partit de grand matin
Pour aller des premières
Saluer ce dauphin,
Mais, manque de finance,
Pour lui rendre assistance
Elles promirent bien
De le blanchir pour rien.

20

Les pastoureaux fidèles
De Saint-Symphorien
Jouaient de leur vielles
Qui s'accordaient fort bien,
Mais, leur bourse déserte
Ne pouvant faire offerte,
Ils dirent des chansons
De toutes les façons.

Des varennes fertiles
De Saint-Pierre-des-Corps
Un grand nombre de filles
Apporta des rifforts,
Et quantité d'herbages
Pour faire des potages,
Puis Saint-Marc le dernier
De choux un grand panier.

Un troupeau plein de flammes,
Dans un dessein pieux,
Vint de la Ville-aux-Dames
Pour présenter ses vœux,
Et demander excuse,
D'une âme bien confuse,
D'avoir tant résisté
A ce Dieu de bonté.

Demandons-lui la grâce
De l'aimer ici bas
D'un amour efficace
Jusqu'à notre trépas,
Et de chanter victoire
Un jour dedans la gloire,
Pour goûter à jamais
Les douceurs de la paix.

XVI. AUTRE PASTOURELLE DE TOURS.

Air : *Tous les bourgeois de Châtres.*

Bonnes bourgeoises de Tours
Ne soyez en souci,
Menez grand'joie à toujours
Cette journée-ici
Que naquit Jésus – Christ de la Vierge Marie ;
Près le bœuf et l'ânon, don, don,
Entre lesquels coucha, la, la,
En une bergerie.

Les anges qui ont chanté
Une belle chanson
Aux pasteurs et aux bergers
De cette région,
Qui gardaient leurs moutons paissant sur la prairie,
Disaient que le mignon, don, don,
Etait né près de là, la, la,
Jésus le fruit de vie.

Ils laissèrent leurs troupeaux
Paissant parmi les champs,
Prirent tous leurs chalumeaux
Et joyeux instruments ;
Vinrent dansant, chantant, à Saint-Jacques dans l'Isle
Pour visiter l'enfant gisant,
Lui donner des joyaux si beaux,
Jésus les remercie.

Jean Gallois a bien joué
De son beau tambourin,
Lequel il avait loué
A ceux de Saint-Gatien ;

La grand'bouteille au vin ne fut pas oubliée,
Natisson du rebec jouait,
Car avec elle alla, la, la,
Cette digne journée.

Alors ceux de Saint-Martin
Tous en procession
Partirent de bon matin
Pour trouver l'enfançon,
Et ouïrent le son, puis la douce harmonie
Que faisaient les pasteurs joyeux
Lesquels n'étaient pas las, la, la,
De mener bonne vie.

Les bergers de la Riche
Firent bien leur devoir
Donnant sans être chiches
Tous selon leur pouvoir.
Messieurs les écoliers, toute icelle nuitée,
Se sont mis à chanter de hait
Ut, ré, mi, fa, sol, la, la, la,
A gorge déployée.

Les bergers Saint-Hilaire
N'étaient pas endormis,
Sortirent des tanières
Quasi tout étourdis,
Saint-Saturnin aussi, passèrent la chaussée ;
Saint-Vincent crut ouïr le bruit,
Saint-Venant les débats, la, la,
D'une très-grosse armée.

Les paroisses de Saint-Pierre
Firent bien leur devoir
En faisant asseoir les gens

Qui venaient leur roi voir.
Saint-Symphorien tout coi lors les regardait faire ;
Et Sainte-Croix dansait, sautait,
Saint-Dénis grand soulas, la, la,
Saint-Simple grande chère.

Lors ceux de l'Écrignole
Faisaient de bon brouet
Et bonne soupe à l'oignon
Cependant qu'on dansait ;
Des lapins et perdreaux, alouettes rôties,
Canards et cormorans très-grands,
Saint-Etienne porta, la, la,
A Joseph et Marie.

Puis avec eux se trouvait
Un du pays d'amont
Qui sur le luth résonnait
Aux dames la chanson ;
De Tours les beaux mignons menaient grand'rusterie,
Les échevins menaient, portaient
Trompettes et clairons, don, don,
En belle compagnie.

Prions Vierge Marie
Et aussi son cher fils
Qu'il ait de Tours mémoire
Là-sus en paradis,
Après qu'aurons vécu en ce mortel repaire
Qu'il nous veuille garder d'aller
Tous en enfer là-bas, la, la,
En tourment et misère.

XVII. AUTRE NOEL DE TOURS.

Pasteurs, laissez la prairie
Et la bergerie,
Allez voir le fruit de vie
Triomphant.

Un jour vint un oiselet
Qui chantait au vert bocage
Un chant le plus nouvelet
Que jamais fut chant ramage,
Et nous dit par mélodie :
Allez voir Marie,
Accouchée en Béthanie,
Pauvrement.
Pasteurs, laissez, etc...

Louis Champnoir le plus plaisant
Qui fut en toute la prée,
Comme le plus vert galant
Commanda voir l'accouchée ;
La trompette fut sonnée,
Et gaîment enflée,
Jean Gaillard l'avait portée
Boutoisant.
Pasteurs, laissez etc...

Quand nous fûmes au devant
Où reposait l'accouchée,
Chacun chantait nouveau chant,
Grande joie fut menée ;
Puis approchant de Marie,
Plaisante, jolie :
Saluons le fruit de vie,

Son enfant.
Pasteurs, laissez etc...

Un berger fort gracieux
Portant bouquet sur l'oreille,
Il était le plus joyeux
Car il portait la bouteille,
Présenta au fruit de vie
    Notre goût de pie ;
Voilà, dit-il à Marie,
    Mon présent.
Pasteurs, laissez etc...

Pour dire la vérité,
J'en eus quelque fantaisie,
Car il l'avait présenté
Tout seul et sans compagnie ;
Mais bien l'aperçut Marie
    Sans être marrie
Et dit : je vous remercie,
    Beaux enfants.
Pasteurs, laissez etc...

Il y vint des pastoureaux,
D'une ville fort lointaine,
Assez gaillards jouvenceaux,
Je crois qu'ils sont de Touraine.
Le fils ainé de Tiphine,
    Robinet Trudaine,
Mène Alison sa voisine,
    Plaisamment.
Pasteurs, laissez etc...

Les bergers de Saint-Gatien
Dansaient à la rigodèle,

Ceux de Saint-Symphorien
Jouèrent de la vielle ;
Une fille qu'on nomme
    Marie Trudelle,
Fit présent à la pucelle
      D'un geau blanc.
Pasteurs, laissez etc..,

    Ceux de Saint-Pierre-des-Corps
Y vinrent en très-grand nombre
Faisant présent de rifforts,
De melons et de concombres.
L'Enfant qui était vrai sire
    Se prit à sourire ;
Son vouloir ne pouvait dire
      L'innocent.
Pasteurs, laissez, etc...

    Y avait un paysan
Vêtu d'une peau de lièvre,
Qui était de Saint-Clément,
Je le vis bien à sa chère.
Il est plus fou qu'une chèvre
    Et qu'un jeune lièvre,
Premier salua la mère
      Que l'Enfant.
Pasteurs, laissez, etc...

    Saint-Pierre-du-Boile y vint
Avec grande compagnie,
Ils étaient bien plus de vingt
Pasteurs de la Triperie ;
L'un lui donna sa pelisse,
    L'autre une saucisse

Où n'y avait point d'épice,
    Non vraiment.
Pasteurs, laissez etc...

    Les bergers de Saint-Vincent,
Saint-Simple avec Saint-Hilaire,
Sainte-Croix et Saint-Venant
Ne font que crier et braire ;
Mais un vieillard débonnaire
    Ne put pas s'en taire :
L'Enfant, dit-il, n'a que faire
    De tels gens.
Pasteurs, laissez etc...

    Il vint un jeune huissier,
Ne sais son nom, sur mon âme,
Qui de Saint-Pierre-Puillier
Vint monté dessus un âne.
Je crois, ou Dieu me défaille,
    Que c'était Gomaille,
Mais botté était de paille
    Le paysan.
Pasteurs, laissez etc...

    Saint-Étienne et l'Écrignol
Se trouvèrent en grand' bande,
Qui baillèrent par saint Paul
Au bon homme leur offrande,
Mais un berger de la Riche
    Se montra fort chiche,
Il ne donna ni pain ni miche
    A l'Enfant.
Pasteurs, laissez etc.

Du Chardonnet un texier
Se trouva cette nuitée
Aussi loyal qu'un meûnier
Qui dérobe à la trémuée ;
Fit présent d'une poupée
    Et d'une fusée,
Mais il l'avait dérobée
      Lestement.
Pasteurs, laissez etc.

De Saint-Martin vinrent bien
Quatre vingts d'une assemblée
Et autant de Saint-Julien ;
Il faisait beau voir l'armée.
Ne fut Marie onc trouvée
    Si délibérée,
Gaîment reçut l'accouchée
      Leurs présents.
Pasteurs, laissez etc.

Il vint un gentil berger
De Saint-Saturnin à l'heure,
Qui se coucha sans souper
Combien qu'il eût sa fressure ;
Il fit aux autres injure,
    Car sans forfaiture
Donna d'or une ceinture
      A l'Enfant.
Pasteurs, laissez etc.

Puis il vint trois nobles rois,
Où Joseph n'est point de perte ;
D'encens, de myrrhe en tous trois
Et d'or firent leur offrande.

Joseph faisant la desserte
    Dit à Mariette :
Je bois à la pucelette,
    Et d'autant.
Pasteurs, laissez etc.

    Or prions dévotement
La pucelette Marie
Qui vierge porta l'Enfant
Qu'on appelle Messie,
Quand viendra la départie
    De mort et de vie,
Nous donne la gloire infinie,
    Son enfant.
Pasteurs, laissez etc.

XVIII. NOEL D'ARPAJON.

Air : *Nous nous mîmes à jouer, il nous vint mal*
à point, etc.

    Tous les bourgeois de Châtres,
Et ceux de Monthléry,
Menèrent grande joie,
Cette journée-ci,
Que naquit Jésus-Christ de la Vierge Marie,
Près le bœuf et l'ânon, don, don,
Entre lesquels coucha, la, la,
    En une bergerie.

    Les anges qui ont chanté
Une belle chanson
Aux pasteurs et aux bergers
De cette région,

Qui gardaient leurs moutons paissant sur la prairie,
Disaient que le mignon, don, don,
Etait né près de là, la, la,
Jésus le fruit de vie.

Ils laissèrent leurs troupeaux
Paissant parmi les champs,
Prirent tous leurs chalumeaux,
Et droit à Saint-Clément
Vinrent dansant, chantant, menant joyeuse vie,
Pour visiter l'Enfant si gent,
Lui donner des joyaux si beaux,
Jésus les remercie.

Puis les gens de Saint-Germain
Tous en procession
Partirent de bon matin
Pour trouver l'enfançon;
Et ouïr le son, puis la douce harmonie
Que faisaient les pasteurs joyeux,
Lesquels n'étaient pas las, la, la,
De mener bonne vie.

Les pasteurs des Bruyères
N'étaient pas endormis,
Sortirent des tanières
Quasi tout étourdis;
Les rêveurs de Boissy passèrent la chaussée;
Croyant avoir ouï le bruit,
Et aussi les débats, la, la,
D'une très-grosse armée.

Après eussiez vu venir
Tous ceux de Saint-Yon
Avec ceux de Bretigny
Apportant du poisson.

Les barbeaux et gardons, anguilles et carpettes,
   Etaient à bon marché, voyez,
     A cette journée-là, la, la,
       Et aussi les perchettes.

      Pour lors ceux de Saint-Clément
       Firent bien leur devoir,
      En faisant asseoir les gens
       Qui venaient le roi voir :
Joseph les remercie, et aussi fait la mère.
     Là eussiez vu chanter, danser,
     Et mener grand soulas, la, la,
      Faisant tous grande chère.

      Bas des hymnes a joué
      Sur son beau tambourin,
      Lequel on avait loué
      A ceux de Saint-Germain :
La grand'bouteille au vin ne fut pas oubliée,
     Notisson du rebec jouait,
     Car avec elle alla, la, la,
      Cette digne journée.

      Alors un nommé Goton
      Faisait de bon broüet
      Et de la soupe à l'oignon,
      Cependant qu'on dansait ;
Des lapins et perdreaux, alouettes rôties,
     Canards et cormorans très-grands,
     Gilles Bardot porta, la, la,
      A Joseph et Marie.

      Avec iceux on voyait
      Un du pays d'amont,
      Qui sur le luth résonnait

                20*.

De très-belles chansons;
De Châtres les mignons menaient grand'rusterie :
Les échevins menaient, portaient
Trompettes et clairons, don, don,
En belle compagnie.

Lors Messire Jean Guyot,
Le vicaire d'Egly,
Apporta tout un plein pot
Du vin de son logis :
Messieurs les écoliers tous, icelle nuitée,
Se sont mis à chanter de hait
Ut, ré, mi, fa, sol, la, la, la,
A gorge déployée.

Nous prierons tous Marie,
Et aussi son cher fils,
Qu'il nous donne la gloire,
Là-sus en paradis ;
Après qu'aurons vécu en ce mortel repaire,
Qu'il nous veuille garder d'aller
Tous en enfer là-bas, la, la,
En tourment et misère.

XIX. LE MÊME, D'APRÈS UN AUTRE TEXTE.

Tous les bourgeois de Châtres
Et du Mont-le-Héry
S'en allaient quatre à quatre
En chassant le souci
Cette journée-ici que la Vierge Marie
Près le bœuf et l'ânon, don, don,
De Jésus accoucha, la, la,
Dans une bergerie.

Des anges de lumières
Ont chanté divers tons
Aux bergers et bergères
Qui gardaient leurs moutons
Parmi tous ces cantons, tout à l'entour de l'onde,
Disant que ce mignon, don, don,
Etait né près de là, la, la,
Pour le salut du monde.

Ils prennent leurs houlettes
Avec empressement
Leurs hautbois, leurs musettes,
Et s'en vont promptement
Tout droit à Saint-Clément à travers la montagne,
Etant tous réjouis, ravis
D'aller voir cet enfant naissant,
Joseph et sa compagne.

De Saint-Germain la bande
Vint en procession
Et traversa la lande
Sans faire station,
Ni la collation, dansant à l'harmonie
Que faisaient les pasteurs chanteurs,
Lesquels n'étaient pas las, la, la,
De faire symphonie.

Messire Jean, vicaire
De l'église d'Eglis,
Fit porter pour mieux braire
Du vin de son logis ;
Les écoliers garnis, toute cette nuitée,
Se sont mis à crier, chanter
Ut, ré, mi, fa, sol, la, la, la,
A gorge déployée.

Lorsqu'on vidait la coupe,
Un nommé des Aveaux
Faisait de bonne soupe
Avec force naveaux ;
Poulets et pigeonneaux pour faire grande chère,
Outre des hallebrans, faisans,
Apporta Jean Badot, point sot,
A Jésus et sa mère.

Comme on était à table,
Un garçon de Nevers
Sur un luth agréable
Chanta mille beaux airs
Sur tous les tons divers, mêlant sa chanterie
De trompette et clairon, don, don,
Avec l'alleluia, la, la,
A Joseph et Marie,

Tous prièrent de grâce
Et la mère et le fils
De leur faire avoir place
Dedans le paradis,
Ce qu'ils leur ont promis; et puis chacun s'apprête
D'aller vers son canton, don, don,
Qui de ci qui de là, la, la,
En faisant bonne fête.

XX. AUTRE NOEL D'ARPAJON.

Air : *Un jour en voulant m'enrôler etc.*

Ceux de Châtre et Montlhéry,
Cette journée-ci,
Firent grand'fête

Quand Jésus-Christ naquit ;
De sa conquête
Chacun se réjouit.

Les anges ont chanté des chansons
Sur des différents tons,
Et des cantiques
De toutes les façons,
Tous en musique
Dans les plaines et vallons.

Chacun a pris son chalumeau
Et laissé son troupeau ;
Dans nos campagnes
Le rossignol chantait,
A nos aubades
Cet oiseau répondait.

Nos bergers furent à Saint-Clément
En chantant et dansant ;
Ensuite ils eurent
L'honneur de voir l'Enfant,
Du mieux qu'ils purent
Ils firent leurs présents.

Les plus dévots de Saint-Germain
Partirent du matin,
Mourant d'envie
D'adorer l'Enfançon,
Et voir Marie
La mère du garçon.

Les habitants de Saint-Yon
Avaient de gros poissons,
Soles et carpes,
Vives et barbillons,

Asperge et cardes
Pour Joseph le grison.

Le bon messire Jean Guyot
Nous y fit chanter No ;
Cette nuitée
L'on vida son tonneau,
Et sa vinée
Nous manquait moins que l'eau.

Cordet apporta des chapons,
Poules grasses, dindons,
Quoiqu'il fut d'âge
Il faisait des bouillons
Et du potage
Mieux que tous nos garçons.

Prions Marie et son cher Fils
Qu'un jour en paradis
Ils veuillent bien mettre
Tous ceux qui sont ici,
Ce divin Maître,
Pour jamais avec lui.

XXI. GRAND NOEL DE CLAMECY.

Air : *Toujours timide et sans espoir.*

Réunissez tous vos concerts
Que vos chants remplissent les airs ;
Enfin vos maux vont disparaître,
Espérez un doux avenir,
Votre esclavage va finir.
Votre Rédempteur va paraître.

Réunissons tous nos concerts,
Que nos chants remplissent les airs;
Enfin nos maux vont disparaître,
Espérons un doux avenir,
Notre esclavage va finir,
Notre Rédempteur vient de naître.

Poussez des cris en son honneur,
Peuples, chantez votre bonheur;
Le voici ce Dieu qui s'avance
Dedans ce séjour ténébreux;
Le démon fuit devant ses yeux,
Tout doit plier sous sa puissance.

Le Dieu de la terre et des cieux
Quitte son trône glorieux;
Il s'unit à notre faiblesse
Et même il cache avec bonté
L'éclat de sa divinité,
Pour mieux nous prouver sa tendresse.

Mes yeux oublieront le sommeil,
Mes chants préviendront le soleil,
Mon cœur s'offrira pour hommage;
Je dirai plein d'un nouveau feu,
Que, pour nous secourir, un Dieu
S'est renfermé dans son ouvrage.

Vous naissez, Enfant souhaité,
Chargé de notre iniquité;
Vous savez que la calomnie
Prendra les armes contre vous;
Vous voulez mourir sous les coups,
Afin de nous donner la vie.

Sanctuaire du Saint-Esprit,
Temple vivant de Jésus-Christ,
Vierge sainte, Vierge admirable,
Vous enfantez notre Sauveur ;
Par vous le ciel, sur les pécheurs,
Abaisse un regard favorable.

Enfants d'un père criminel,
Livrés à notre sort cruel,
Oserions-nous jamais prétendre
A la moindre de ces faveurs ?
Indignes prévaricateurs,
Tant de bonté doit nous surprendre.

Nous sommes indignes de vous,
Et même de votre courroux,
Oui, nos crimes, Dieu propice,
Sont plus grands pour vous offenser
Que tous nos vœux pour apaiser
Les foudres de votre justice.

Vils pécheurs, pourrions-nous jamais
Reconnaître tant de bienfaits !
Nous lui présentons pour offrande
De l'or, la myrrhe et de l'encens ;
Ce ne sont que de vains présents,
C'est un cœur pur qu'il nous demande.

C'est tout ce que ce Dieu jaloux
Par retour exige de nous ;
Paierions-nous d'ingratitude
Notre roi, notre créateur,
Qui devient notre serviteur
Pour nous tirer de servitude ?

A la lueur de son flambeau,
Sortant de la nuit du tombeau,
Dans le chemin de la justice
Avançons d'un pas ferme et sûr ;
Evitons le sentier impur
Qui nous entraîne vers le vice.

Que son feu brûle notre cœur,
Qu'il assure notre bonheur ;
Aux accents de ce divin maître,
Chrétiens, réveillez votre foi,
Et répétez tous avec moi :
Pour nous sauver il vient de naître.

Le noir empire de la mort
Trop longtemps régla notre sort ;
Ce Dieu vient de nous donner l'être ;
Volons au devant de sa loi,
Et répétons tous avec foi :
Pour nous sauver il vient de naître.

Millot.

XXII. NOEL QUI SE CHANTE PENDANT L'ÉLÉVATION.

A genoux, chrétiens, à genoux,
Notre Rédempteur va paraître ;
Le voilà, prosternons-tous,
Sur cet autel il vient de naître.
    C'est le même Sauveur
    Qui, cette même nuit,   *bis.*
    A Bethléem naquit.

Adorons son corps et son sang
Dans ce sacrement adorable ;

Il est le Sauveur tout-puissant
Sous cette espèce impérissable.

Dans cette sainte Hostie,
Il s'est fait tout à tous } *bis.*
Pour se donner à nous.

Ne pouvant jamais lui marquer
Une entière reconnaissance,
N'allons pas nous en dégager
A raison de notre impuissance.

Bénissons ses bontés,
Mêlons tous à la fois } *bis.*
Notre hommage et nos voix,

Allons donc, sans perdre un moment,
Faisons éclater ses louanges,
Entonnons ce motet charmant
Que sans cesse chantent les Anges :

O Saint ! O Saint ! O Saint !
Saint des Saints ! à jamais } *bis.*
Envoyez-nous la paix.

MILLOT.

XXIII. LA PART A DIEU.

Air : *De la petite Cendrillon.*

Nous sommes des voyageuses
Dont le sort est malheureux,
Vous pouvez nous rendre heureuses
En vous montrant généreux.
Votre humanité sans doute
Nous fait rester en ce lieu ;
Un bienfait jamais ne coûte
Donnez-nous la part à Dieu.

En ce beau jour on s'amuse,
Du plaisir on suit les lois,
Et chacun a son excuse,
Tous désirent fêter les rois.
Pour que nous fêtions de même
Soyez sensibles à nos vœux ;
En saluant le roi qu'on aime,
Donnez-nous la part à Dieu.

ROBINEAU.

XXIV. MÊME SUJET.

Air : *Des compagnons de voyage.*

Étrangères dedans ce lieu,
Notre sort est bien déplorable ;
Pour le rendre plus supportable
Ah ! donnez-nous la part à Dieu.   *bis.*
Puisqu'en ce jour c'est un usage
Ne l'oubliez pas cette fois,
Que nous ayons cet avantage !   *bis.*
En chantant la fête des rois   *bis.*
Rendez heureux notre voyage.

Ne soyez pas sourds à nos chants
Prenez l'humanité pour guide ;
Que votre bon cœur se décide
A nous donner en ces moments.   *bis.*
Si du gâteau qui se partage
Par tout pays comme en ce lieu
Nous pouvons avoir l'avantage   *bis.*
De recevoir la part à Dieu,   *bis.*
Nous serons aises du voyage.

ROBINEAU.

FIN.

VOCABULAIRE.

Aco	cela.	Coulpe	faute.
Acquerre	acquérir.	Courette	petite courroie.
Ana	aller.	Custode	alcôve.
Anat	allé.	Déduit	équipage.
Agut	eut.	Déferma	sortit de.
Ains	mais.	De hait	de bon cœur.
Ancelle	servante.	Départie	séparation
Aquet	cet.	Déroi	déroute.
Aqui	ici.	Desserre	dépense.
Aro	tout de suite.	Dextre	droite.
Arroi	pompe.	Diapré	de plusieurs couleurs
Atau	ainsi.	Dictame	remède.
Baron	mari.	Donno	dame.
Balda	donne.	Emmi	parmi.
Barbat	inquiet.	Enquerre	chercher.
Barrat	bourré.	Entremi	entre.
Bé	bien.	Entrepas	petit pas.
Beilles	veuilles.	Ero	était.
Bezé	voir.	Es	dans.
Biaforo	en alarmes.	Es	est.
Biebre	vivre.	Esclops	sabots.
Billo	ville.	Estraquer	arracher.
Bolent	veulent.	Exultation	allégresse.
Boul	veut.	Facteur	créateur.
Bous	vous.	Faille	manque.
Bous	voix.	Fallaces	ruses.
Bousoitant	boîtant.	Ferlande	petite monnaie.
Buccine	trompette.	Fleur	farine.
Cagnot	petit chien.	Formulaire	exemplaire.
Cal	il faut.	Fusée	fil dévidé.
Campané	orné.	Gaudir	se réjouir.
Can	chien.	Gent	gentil.
Canten	chantons.	Gentilesse	en gentilhomme.
Capere	couvre.	Germaine	cousine.
Caro	chair	Gésine	couches.
Carreaux	tonnerre.	Gésir	être couché, caché.
Caterre	maladie.	Gisant	couché, caché.
Céans	ici.	Gueuserie	indigence.
Chevance	fortune.	Hé	est.
Congé	permission.	Heps	ils, eux.
Copulation	union.	Heur	bonheur.

Hil, hillet	fils.	Pau	peur.
Huis	porte.	Peïrat	chaussée.
Icelle	cette.	Piaffe	somptuosité.
Impètre	obtienne.	Plan	tout à fait.
Impropère	reproche.	Posco	puisse.
Isnelle	rapide.	Pouscan	puisque.
Issit	sortit.	Pourpris	enceinte.
Lacs	embûches.	Prée	prairie.
Las	hélas.	Prisaient	estimaient.
Là-sus	ciel.	Pucelle	vierge.
Liesse	joie, désir.	Rebec	violon.
Lignage	espèce.	Requoi	repos.
Loriquart	lourdaud.	Ribanes	friandises.
Lou, lous	le, les.	Rifforts	radis.
Maculation	tache.	Rué	renversé.
Mainado	compagnie.	Rusterie	cortége.
Mandillot	manteau.	Sabbats	repos, joies.
Maribot	monnaie.	Sadoulera	rassasiera.
Marrie	triste.	Sancho	vase.
Mauvis	oiseau.	S'endehaitle	s'en afflige.
Mégnie	suite.	S'énombra	se cacha.
Merci	discrétion	S'envoise	s'en aille.
Mie	point.	Série	sérieux.
Moult	beaucoup.	Se traire	se retirer.
Muet	changer.	Se vouta	se met.
Muquet	galant.	Soulas	consolation, joie.
Mule	ampoule.	Soulas	beauté.
Nadau, Naul,	Noël.	Surcot	vêtement.
Noise	malice.	Table	lettre.
Nuisance	malheur.	T'affie	je t'assure.
Obombration	assistance.	Testo	tasse.
Occire	tuer.	Texier	tisserand.
Octroie	accorde.	Transmontante	qui monte en l'air.
Onc, oncques	jamais,	Truandaille	vauriens.
Or, ores	maintenant.	Varennes	plaines.
Ouïr	entendre.	Vêpre	le soir.
Oyant	entendant.	Verge	baguette, bâton.
Participer	partager.	Veure	boire.
Pas	paire.	Vol	essor.

TABLE ALPHABÉTIQUE DES NOELS.

ORLÉANS. — Imp. et lith. de E. CHENU, rue Croix-de-Bois, 21.

www.ingramcontent.com/pod-product-compliance
Lightning Source LLC
Chambersburg PA
CBHW070317030726
47505CB00004B/1010